Teil Eins

Margery Sharp
Frühling im Herbst
Roman
Claassen Verlag

Titel der im Verlag William Heinemann, London,
erschienenen Originalausgabe:
THE INNOCENTS
Copyright © 1971 by Margery Sharp

Erstauflage
Copyright © 1973 by Claassen Verlag GmbH
Hamburg und Düsseldorf
Alle Rechte der Verbreitung in deutscher Sprache,
auch durch Film, Funk, Fernsehen, fotomechanische Wiedergabe,
Tonträger jeder Art und auszugsweisen Nachdruck,
sind vorbehalten
Gesetzt aus der 10 Punkt Garamond der Linotype GmbH
Gesamtherstellung: Druckerei Gebr. Rasch & Co., Bramsche
Printed in Germany
ISBN 3 546 48395 2

1

Mein Vater verstand sich auf Wein, doch Zeiten und Einkommen ändern sich und uns, und ich verstehe mich nun aufs Wetter. Deshalb erinnere ich mich ganz deutlich an Cecilias Rückkehr – sie kam an einem für Mitte April kühlen, aber nicht kalten Tag, eher regnerisch als verregnet. Obwohl doch der Sommer bevorstand, hatte die Luft einen seltsamen Vorgeschmack des Herbstes, den ich sogar noch Ende Mai spürte. Cecilias Todestag fünf Monate später im Oktober war dann merkwürdig frühlingshaft, wenn dieser Eindruck auch aus dem Unterbewußtsein entstanden sein mag.
Für einen Wetterverständigen ist es ein Glück, in England auf die Welt zu kommen! So war der nahende Sommer ungewöhnlich schön, schön allerdings nicht im Sinne jener langweiligen Beständigkeit, mit der man sich beispielsweise in Kenia oder Indien abfinden muß, ehe die genauso vorhersehbare und monotone Regenzeit einsetzt. In England und besonders in East Anglia kann uns ein einziger Nachmittag eine Fülle meteorologischer Gegensätze bescheren, besonders wenn ein Gartenfest stattfindet. Das Gefühl von klitschnassem *Voile* auf der Haut ist fast ein Geburtsrecht!
Nicht, daß Cecilia je *Voile* getragen hätte. Ihre verstorbenen Eltern konnten ihr außer dem kleinen Haus in der High Street nicht viel hinterlassen. Das wußten wir alle, wie in einem Dorf eben jeder alles weiß. Aber Cecilia hatte das Erdgeschoß in ein sehr hübsches Modegeschäft verwandelt. Sie bekam sicherlich alles zu Großhandelspreisen, und so zeigte sie in ihren maßgeschneider-

ten Seidenkostümen auf allen Sommerfesten im Freien eine auffallende Eleganz. Einmal überreichte ihr ein Kind den Blumenstrauß, der eigentlich für die adlige Schirmherrin des Festes bestimmt war. Cecilia machte einen großen Jux daraus – sie konnte das einfältige Kind doch nicht durch ein Zurückweisen der Blumen beschämen oder einfach so weitergehen. Cecilia und nicht Lady A. spazierte daher am Nachmittag mit der Zierde eines rosa Nelkenstraußes einher!
Ich selbst mache mir nichts aus Nelken. Sie haben zuviel von Blumenladen an sich. Draußen sehen sie immer zerrupft aus und steif, wenn sie in der Vase stecken.
Ich hätte vielleicht schon erwähnen sollen, daß Cecilia eine Schönheit war. Sie hatte den echten Teint unserer Mädchen von East Anglia, sie sind mit ihrem üppigen goldblonden Haar und ihrer schimmernden Haut wie Pfirsich und Sahne unübertroffen, nur neigen sie zu großer Fülle, besonders unterhalb der Taille, so daß sie sehr bald wie Mehlsäcke aus dem benachbarten Norfolk aussehen. Cecilia hatte mit siebenundzwanzig die langen schlanken Beine eines Fischreihers; für eine Frau war sie recht groß, was gut zu ihren wunderbar klar geschnittenen Zügen paßte. Einen so schönen Kopf mußte sie hochtragen, man konnte es sich nicht anders vorstellen. Eine schönere Frau habe ich nie gesehen. Wir waren gelegentlich verwundert, daß sie nicht heiratete, doch sie schien nicht zu wollen, denn von den Junggesellen aus der Umgebung hatte gut die Hälfte bei passender Gelegenheit um ihre Hand angehalten. Sie gab allen einen Korb, den Gutsbesitzern und Rechtsanwälten, einem Vermessungsingenieur und auch einem Bankdirektor, und die Freier

wiederum heirateten dann eine andere. Natürlich war es Cecilias Recht, wählerisch zu sein! Böse Zungen behaupteten gelegentlich, sie würde auch nicht jünger, doch brauchte man sie nur anzusehen, um die Gehässigkeit und Absurdität einer solchen Bemerkung zu erkennen. So wie ich nie ein hübscheres Mädchen sah, so habe ich, ich sage es noch einmal, auch nie eine schönere *Frau* erblickt – und Rab (oder Robert) Guthrie offenbar auch nicht.

2

Die Schotten und namentlich die in Amerika ansässigen Schotten pflegen ihre Familienbande viel intensiver als wir Engländer. Ich selbst besuche meinen Bruder, der Pfarrer in Cornwall ist, höchst selten, und er ist nicht besser. Robert Guthrie dagegen überquerte den Atlantik, nur um einen Vetter wiederzusehen, unseren Tam – oder Thomas – auf Leys Farm, der nie weiter als bis Suffolk gekommen war, wo er allerdings auf schottische Art reich wurde. Wäre er verheiratet gewesen, so hätte seine Frau sicherlich landauf, landab Wohltätigkeitsfeste eröffnen müssen. Aber wie sein transatlantischer Vetter war er noch immer Junggeselle, und er nahm Rab nur mit, damit er die übliche Fünfpfundnote spenden half. Und wie konnte ich, die selbst nicht mehr als ein Lavendelsäckchen kaufte, verübeln, daß die beiden diesen Betrag zusammenlegten? Bei der Gelegenheit jedenfalls bemerkte Robert Guthrie plötzlich Cecilia, wie sie mit ihrem erbeuteten Ehrenbukett einherspazierte. Er war wie vom Schlag gerührt.

Was *seine* äußere Erscheinung angeht, so waren seine klaren, wenn auch kleinen Augen und seine stämmige Figur noch das Beste daran. Er war um etliche Zentimeter kleiner als Cecilia und etliche Jahre älter. Er war gerade fünfzig und dank eines durchschlagenden Erfolges in der chemischen Industrie einer der bestverdienenden Männer Amerikas. – Ich stütze mich hier auf spätere Mitteilungen unseres hiesigen Guthrie, der gelegentlich hinzufügte, er selbst habe damals durch einen Zufall in Edinburgh Veterinärmedizin und Landwirtschaft statt Naturwissenschaften studiert; aber zwischen Vettern gibt es eben eine natürliche Rivalität. Hatte mein Lieblingsautor Henry James nicht schon behauptet, in Boston könnte sie sich bis zu Mord und Totschlag steigern? Er meinte natürlich das Boston in Amerika und nicht unser Boston in Lincolnshire. East Anglia hat sich nach so vielem kriegerischen Hin und Her mit den Dänen zu einem insgesamt recht toleranten Gemeinwesen entwickelt. Auch die Holländer, die uns das Dränieren lehrten und von denen einige blieben, wurden geduldet und absorbiert; die zweitgrößte Farm nach Ley heißt noch heute Hollanders.

Bei der ersten Begegnung zwischen Cecilia und Rab war ich zufällig anwesend. Ich war aus Gründen der Sparsamkeit erst spät erschienen, und Cecilia war dabei, mir die Geschichte ihres Buketts zu erzählen, als die beiden Guthries aufkreuzten (gleichfalls spät, doch hoffentlich nicht aus den gleichen Motiven). Tam und ich sind alte Bekannte. Seinen Vetter stellte er mir natürlich sogleich vor, und machte ihn auch mit Cecilia bekannt, die neben mir stand. Tam hatte Cecilia aus irgendeinem Grund nie

recht gemocht – sonst hätten ihr die Nelken zu Recht gehört! – aber für Rab bedurfte es nur eines Blickes, um sich in sie zu verlieben.
Schon zweimal in meinem Leben war ich Zeuge eines solchen *Coup de Foudre* gewesen. Einmal an der Bushaltestelle in Saxmundham, als ein junges Mädchen von mäßigem Reiz und ein offenbar recht dämlicher Jüngling einander fünf Minuten lang anstarrten und dann gemeinsam schon händchenhaltend in den Bus stiegen. Das zweite Mal passierte es in unserem hiesigen Fisch-und-Chips-Laden (dessen freundliche Eigentümerin Mrs. Cook gelegentlich taufrische Schollenfilets für mich bereithält), als ein Lastwagenfahrer die kleine Ellen hinter der Kasse zu Gesicht bekam. Während ich meine neun Pence bezahlte, spürte ich plötzlich die elektrische Spannung von Verliebtheit in der Luft – Cupidos Pfeil prallte sozusagen von meinem mageren Busen ab. Und obwohl Ellen den Kopf hochwarf und überlegen dreinschaute, mußte ich ihr doch zweimal das richtige Wechselgeld auf eine halbe Krone angeben.
Sie sind jetzt verheiratet und haben fünf oder sechs Kinder. »Diese Lastwagenfahrer sind nicht zu bremsen!« äußerte Mrs. Cook mir gegenüber einmal, wenn ich auch nicht weiß, woher sie diese Erfahrung hatte. Ihr Mann Arthur fuhr auf einem Fischkutter.
Robert Guthrie war natürlich ein ganz anderer Fall, aber die plötzliche Hochspannung in der Luft war unverkennbar dieselbe – in der Tat der *Coup de Foudre*. (Männer sind, glaube ich, längst nicht so bewußt auf Liebe aus wie Frauen; es kommt plötzlich über sie wie ein Ziegel, der vom Dach fällt.) Selbstverständlich hielt Cecilia weder

Händchen mit ihm, noch warf sie sich in die Brust und trug die Nase hoch, und Rab lud uns lediglich zu einer Erfrischung ins Festzelt ein.

Man ist ja darauf gefaßt, bei solchen Festen geneppt zu werden – mein Lavendelsäckchen zu einem Schilling war so flach wie eine leere Erbsenschote –, aber diesen Tee für eine halbe Krone im Festzelt kann ich wirklich nur als Unverschämtheit bezeichnen. Um diese Zeit war sogar das knüppelharte Gebäck ausverkauft. Immerhin, man konnte sich hinsetzen. Ein paar Minuten später drängelte sich ein kleines, heulendes Mädchen zu uns durch.

»Wenn du verlorengegangen bist«, sagte ich, wie ich hoffe, freundlich, denn der Tee war auch noch kalt, »dann geh zum Eingang, dort wird man dich schon finden.«

Kinder gehen auf Festen immer verloren, ebenso wie ihre älteren Geschwister immer bestohlen werden; doch das Mißgeschick dieses Kindes erwies sich als ungewöhnlich und etwas komplizierter.

»Ich habe die Blumen falsch abgegeben«, jammerte sie. »Mama ist böse auf mich.«

Das konnte ich mir von ihrer Mutter – sie war Wirtschafterin bei Lady A. – gut vorstellen. Ich hatte Mabel in ihrem ungewöhnlichen Staat aus gestärktem Musselin mit rosa Schärpe bloß nicht gleich erkannt. Sonst sah ich sie nur in ihren gestopften Stricksachen.

»Sie sagt, ich soll sie zurückholen«, fuhr Mabel fort, »und es noch mal versuchen.«

Dieser Wink oder diese Aufforderung galt offensichtlich Cecilia; nur sie und ich wußten, was das Kind meinte, und drüben auf der offenen Seite des Zeltes war tatsäch-

lich einen Moment lang Lady A. zu sehen, wie sie pflichtschuldigst mit einem Budenbesitzer plauderte. Nur, wo war das Bukett? Abgelegt unter unserem Teetisch. Ich bückte mich, angelte es hervor und reichte es Cecilia, die die Lage mit bemerkenswerter Schnelligkeit erfaßte.
»So, du willst meine Blumen zurück, um sie jemand anderem zu schenken?« fragte sie freundlich. »Dann sollst du sie auch haben!« – und Mabel bekam nicht nur die Nelken, sondern auch noch einen Kuß. Das Kind muß wohl an den Kuß einer guten Fee geglaubt haben, so weit riß es die Augen auf. Doch behexter als Rab Guthrie konnte es gar nicht aussehen. Übrigens fand ich, daß auch Lady A. ihre Sache sehr gut machte, als ihr um halb sechs plötzlich die nun schon etwas mitgenommene Huldigung dargeboten wurde, mit der sie Punkt drei gerechnet hatte. Das heißt, sie nahm sie entgegen. So ging Mabel versöhnt nach Hause, und Rab kehrte zu Leys Farm zurück, fasziniert von der Schönheit, die sich mit Liebenswürdigkeit paart.

3

Es mußte notwendigerweise eine Blitzwerbung werden, denn Rab war ein viel zu wichtiger und vielbeschäftigter Mann, als daß er seinen vierzehntägigen Besuch um mehr als eine Woche hätte verlängern können. Aber zum Glück hatte er Cecilia gleich am Tag nach seiner Ankunft auf dem Fest gesehen, und ein Dorf ist schließlich fast ebenso geeignet, Leute zusammenzubringen, wie ein Vergnügungsdampfer. Man braucht bloß zur Post zu gehen, um eine Briefmarke zu kaufen, schon trifft man auf

Schritt und Tritt Bekannte. Zudem hatte Cecilia den Vorzug – sie teilt ihn nach meiner Beobachtung übrigens mit Bibliothekarinnen und Mädchen an der Ladenkasse –, sozusagen immer *da* zu sein. Hätte sie statt eines Modesalons ein Schreibwarengeschäft gehabt, wäre der Liebespfad für Rab noch bequemer gewesen; in einem Damenmodengeschäft gab es absolut nichts, was er hätte erstehen können. Aber er konnte darauf setzen, daß sie den Salon von eins bis zwei schloß und so lange frei war. Wenn sie dann auswärts zum Essen ging, nicht bloß nach oben, und Rab dann zufällig gerade vorbeiging, wenn sie herauskam, was war natürlicher, als im *Copper Kettle* gemeinsam ein Sandwich zu essen? – Und das außer den Kaffeepausen um elf; ich weiß noch genau, wie Lady A. dabei einmal wegen eines hochgeschlagenen Rocksaums wie ein wütender Specht auf den Tisch klopfte. Noch vor Ablauf der ersten Woche waren Cecilias Kaffeepause und Mittagszeit praktisch in eins verschmolzen, und während der zweiten fuhr sie außerdem regelmäßig mit Rab zum Dinner in einen der schönen Landgasthöfe, die es in unserer Gegend im Überfluß gibt. Das *Mariner's Arms* ist berühmt für seinen Hummer und das *Crown and Sceptre* für seine Enten. Und unser hiesiges kleines *Woolmers-Hotel* hat einen respektablen Ruf wegen seiner hausgemachten Pasteten und frischen Gemüse, kam aber nicht in Frage, weil es viel zu nahe gelegen war: Das Auto, das Rab in London gemietet hatte, war nämlich ein Daimler.

Man kann nicht gerade behaupten, daß das Dorf den Ausgang der Dinge mit angehaltenem Atem erwartete, schließlich gab es da nicht den geringsten Zweifel; und

weil niemand überrascht war, tadelte auch keiner Cecilia, als sie sich herausnahm zu heiraten, noch ehe sie einen Verlobungsring trug.
Erstaunt war ich bloß, wie schnell sie es fertigbrachte, ihren Laden zu verkaufen. Erst viel später erfuhr ich von unserem ortsansässigen Grundstücksmakler, daß sie schon seit Monaten mit ihrer Nachfolgerin Miß Wilson verhandelt hatte, die uns seither mit hübschen Regenmänteln versorgt.
So nahm also Rab Guthrie Cecilia 1933 mit sich nach New York; dort spielte sie, wie man hörte, bald eine entscheidende Rolle in der Modewelt, und sie gebar ihm eine Tochter. Die wollte sie nun an diesem kühlen, aber nicht kalten, eher regnerischen als verregneten, herbstlich duftenden Apriltag zwölf Jahre später zurückholen.

4

Nun muß ich natürlich erklären, wieso Cecilias Tochter Antoinette seit fünf Jahren unter meinem Dach lebte.
Cecilia war noch einmal zurückgekehrt wegen eines Unglücksfalles: Im Juni 1939 fiel Tam Guthrie vom Traktor und brach sich die Rippen. Für einen jüngeren Mann wäre das nichts weiter gewesen als ein schmerzhaftes Mißgeschick, aber bei Tam gab es Komplikationen, und es kam eine schwere Lungenentzündung dazu, die schließlich zu seinem Tode führte. Ist man einmal über sechzig, soll man eben vermeiden, hinzufallen. Deshalb habe ich auch mein Fahrrad weggegeben, ich habe es den Pfadfindern geschenkt, die es, fürchte ich, wohl nur zum Schrottwert wieder losgeworden sind. Nichts überraschte

an Tams Tod, auch nicht die Art, wie er über seinen Besitz verfügt hatte: alles sollte verkauft und in einen Fonds eingebracht werden zugunsten von Studenten seiner alten Universität. Was uns viel mehr verblüffte, war, daß Rab zum Begräbnis kam. Ich habe vorhin schon die Dauerhaftigkeit amerikanisch-schottischen Familiengefühls erwähnt, und natürlich war er ein reicher Mann: Wie dem auch sei, es stellte sich heraus, daß er und Cecilia sowieso Europa bereisten, und zwar auf einer recht weitläufigen Route. Es war ursprünglich ihr Plan gewesen, (ehe Tam vom Traktor fiel), in Cherbourg von Bord zu gehen. Statt dessen verließen sie das Schiff nun in Southampton (das war wegen Tams Begräbnis sinnvoller) und nahmen ein paar Nächte mit dem *Woolmers* statt dem *Crillon* vorlieb.

Mrs. Brewer (meine Hilfe im Haushalt und eine Beerdigungsspezialistin außerdem) bemerkte ganz richtig, daß erst sie der Sache Gesicht gaben. Wen hätte der Küster auch sonst in die vorderste Reihe setzen sollen? Die einzige Verwandte, die außer ihnen noch zugegen war, eine schmächtige junge Dame mit sandfarbenem Haar und schwarzer Armbinde, schob er in die Reihe auf der anderen Seite des Ganges. Sie sah da so verlassen aus, daß ich einfach hinüberging und mich neben sie setzte. Offenbar war sie heilfroh darüber und fing auch sogleich an, ihren besonderen Platz zu erklären. Sie sei Janet Guthrie, eine Kusine zweiten Grades, und Tam habe ihr, wie sie nach einer kleinen Pause hinzufügte, das Veterinärstudium ermöglicht, obwohl sie sich, ehrlich gesagt, kaum an ihn erinnern könnte. Wie bei einer Hochzeit vor Ankunft der Braut, so findet sich eben auch vor der Aufbahrung des

Sarges immer Zeit für ein paar Worte. Ich war sehr interessiert, wie ich es immer bin, wenn eine Frau in traditionell männliches Territorium einbricht, und erzählte meinerseits, wer ich war und wo ich wohnte. Ich lud sie ein, mich zu besuchen, und hätte die Einladung nach dem Gottesdienst gern wiederholt, aber sie verschwand, während ich mit Cecilia sprach.
Im Gegensatz zu Rab schwamm Cecilia in Tränen. Das wunderte mich nicht, denn die Totenmesse der anglikanischen Kirche spricht die gleiche schöne und bewegende Sprache wie ein Schlußchor bei Euripides. Wie oft man sie auch hört, und mit dem Älterwerden hört man sie immer häufiger, sie büßt nichts von ihrer Wirkung ein. Ich muß allerdings zugeben, daß ich die Schlußchöre des Euripides auch nur vom Hörensagen kenne, aus einer Randbemerkung zu einem Gedicht von Robert Browning. Jene Bemerkung fiel mir wieder ein, als ich Cecilia gerade die Hand drückte, und ich beschloß, den Versuch zu machen, Griechisch zu lernen, ehe es zu spät war. Mein Vater war ein recht guter Kenner der griechischen Sprache und Kultur gewesen, und ich besaß noch alle seine Bücher.

Es war zwar schon Juli, aber ich erinnere mich noch an die außergewöhnliche Kälte dieses Morgens und daran, wie froh wir alle darüber waren, unsere dunkleren Wintersachen angezogen zu haben. (In East Anglia mottet niemand im Sommer seinen schweren Wintermantel ein!) Am nächsten Morgen jedoch (in East Anglia ist es nie langweilig!), als mich die Guthries besuchten, mußte die Verandatür meines Wohnzimmers weit offenstehen, damit man überhaupt einen Luftzug mitbekam.

5

Sie brachten Antoinette mit, wie sie sie auch von New York mitgebracht hatten; zumindest Cecilia hatte das inzwischen als Fehler eingesehen.
»Ein so kleines Kind von Paris nach Rom und Salzburg zu schleppen«, sagte Cecilia reuevoll, »sie sieht ja jetzt schon ganz krank aus! Liebling, hab ich nicht gesagt, daß wir sie zu Hause lassen sollten?«
»Ja«, sagte Rab.
Ich hatte ihn gar nicht als so schweigsam in Erinnerung, aber jetzt war er einfach schottisch-störrisch. Trotzdem, es gefiel mir, wie er das Baby fest und schützend auf seinen Knien hielt. Wenn ich Baby sage, darf man nicht vergessen, daß Antoinette drei Jahre alt war. Doch sie wirkte immer noch wie ein Baby – vielleicht weil sie kein Wort sprechen wollte. Sie war gut gewachsen, sogar kräftig. Ihr Gesicht war eher flach – ein holländisches Gesichtchen, dachte ich, rund und unbewegt, mit einem kleinen Mund und den kleinen grauen Augen ihres Vaters. Sie hatte nichts von Cecilia außer dem ungewöhnlich blonden Haar – nur erinnerten Cecilias Locken an Honig und Antoinettes eher an Stroh, und ihre Augen und Wimpern waren praktisch unsichtbar. Die meisten Leute hätten Antoinette wahrscheinlich langweilig genannt, mit Ausnahme derjenigen, die wie ich eine Vorliebe für diese flachsköpfigen, ernsthaften kleinen Geschöpfe haben, wie man sie auf alten holländischen Gemälden sieht. Ich konnte mir gut vorstellen, wie dieses feierliche, kleine Wesen sich ganz gesammelt über eine Schüssel voll Eier oder einen Korb Orangen neigt, den

es sicher über einen peinlich sauberen roten Fliesenboden zu transportieren hat.
Im Moment waren keine solchen Fliesen auf dem Boden. Mein Wohnzimmerteppich ist ein recht schöner alter Aubusson, von dem Antoinette, ehe ihr Vater sie hochhob, die Rosen pflücken wollte. Dann schlängelte sie sich wieder herunter und kam auf mich zu; ich streckte eine Hand aus, und sie biß sofort hinein – nicht richtig fest, sondern eher wie ein kleines Kaninchen, prüfend, ob ich eine Art Salat wäre. Cecilia schimpfte natürlich und entschuldigte sich, aber was können Babyzähne einem harten Gärtnerdaumen schon anhaben? Es leuchtete mir auch durchaus ein, daß Antoinette keine Veranlassung sah, sich zu entschuldigen.
»Sag, daß es dir leid tut, Liebling!« bat Cecilia. »Tony, sag sofort: es tut mir leid!«
Aber Tony war dazu offensichtlich nicht bereit. Ihr kleiner blasser Mund blieb hartnäckig geschlossen.
»Du willst also, daß es Mama für dich sagt?« fragte Cecilia vorwurfsvoll.
Antoinette schien damit einverstanden; nach einem zweiten probeweisen Knabbern hatte sie wohl etwas Zäheres als Grünzeug festgestellt, das aber nicht feindlich war. Nachdenklich hockte sie sich auf meine Schuhe.
»Sie ist so schüchtern; wenn ein Fremder da ist, bringt sie keinen einzigen Ton hervor«, erklärte Cecilia. »Aber du wirst ganz klar bevorzugt!«
– Ich werde nie vergessen, wie schön sie in jenem Augenblick war, als sie sich auf ihrem Stuhl vorbeugte, ihre kleine Tochter ansah und eine Hand ausgestreckt hatte, wie in einer verzögerten Liebkosung des glatten, flachs-

farbenen Kopfes. Cecilia war in den sechs Jahren, seit sie uns verlassen hatte, noch schlanker geworden, aber ohne den leisesten Anflug von Eckigkeit. Sie war von zauberhafter Anmut, und dies war viel reizvoller als die Schönheit ihres Haares, ihrer Haut und ihrer Züge – wenn mir auch schien, als werde all das durch eine besondere Pflege zur Geltung gebracht. Ich konnte mir gut vorstellen, daß sie in Modefragen tonangebend und in New York der Stolz ihres Gatten war! Aber noch während Antoinette versuchte, meine Schnürsenkel zu lösen (es gelang ihr nicht), wandelte sich Cecilias Ausdruck mütterlicher Zuneigung in den gleichfalls mütterlichen Ausdruck von Unwillen – der sich freilich mehr gegen den Ehemann richtete.

»Als wir abreisten, sah sie ganz frisch aus«, nahm Cecilia den Faden wieder auf, »nun ist sie so blaß wie ein Ei! Habe ich dir nicht gesagt, Liebling, wir hätten sie lieber bei Miss Swanson lassen sollen? – Eine Schwedin«, fügte sie zur Erklärung für mich rasch hinzu, »mit absolut allen Qualifikationen!«

»Kann sein, daß ich unrecht hatte«, sagte Rab ruhig.

»Das hattest du ganz bestimmt«, fuhr Cecilia ihn an, »und Paris und Rom und Salzburg haben wir erst noch vor uns!«

Es ist immer peinlich, Zeuge einer Verstimmung zwischen Eheleuten zu sein, also setzte ich mich gewissermaßen ab, indem ich Antoinette hochhob und es ihr von meinem Schoß aus bequemer machte, in meinen Daumen zu beißen. Ich befürchtete nur, daß Cecilia eifersüchtig werden könnte wegen dieser Zutraulichkeit zu einer Fremden, wie sie es nannte; aber das war durchaus nicht der Fall. Im Gegenteil.

»Weißt du, mir kommt da eine blendende Idee«, erklärte Cecilia und wandte sich von ihrem Gatten mit heiterer Miene mir zu. »Wenn wir Tony bei dir lassen könnten, nur für einen Monat, und sie auf der Rückreise wieder auflesen würden, ich bin sicher, das wäre weit, weit besser für sie!«
Merkwürdigerweise zögerte ich nur einen Augenblick mit meiner Zustimmung: um Rab fragend anzusehen. Er gab den Blick ebenso forschend zurück, dann sah er sich ebenfalls prüfend in meinem Wohnzimmer um, sah die zum Garten hin offenstehenden Türen und den Garten dahinter. Ich vermute, alles zusammen bot das Bild von Achtbarkeit und bescheidenem Komfort; außerdem hatte er mich ja vorher schon kennengelernt.
»Das könnte eine gute Idee sein«, sagte er.
So wurde nach außergewöhnlich kurzer Diskussion vereinbart (Antoinette hatte mein Herz bereits gewonnen), daß das Kind während der Europareise ihrer Eltern in meiner Obhut bleiben sollte, und schon am nächsten Morgen brachten sie sie zu mir mitsamt dem Kleiderkoffer und einem Reisesack voll Spielsachen.
Dieser Abschied für kurze Zeit verlief merkwürdig glatt. Ich hatte mir vorsorglich einen Korb voll Tigerkätzchen ausgeliehen, um notfalls ein in Tränen gebadetes Kind ablenken und trösten zu können: Antoinette war auch sichtlich beeindruckt von ihnen, sie schnurrte zurück, als wäre sie selbst ein Kätzchen, aber sie weinte nicht. Cecilia verhielt sich ganz richtig, machte es so beiläufig wie möglich, und ich glaube, sie mißbilligte genauso wie ich, daß Rab sein Töchterchen besonders lange und feierlich umarmte, bevor er sie endlich losließ und Cecilia

zum Wagen folgte. Antoinette schien sie sofort vergessen zu haben. Natürlich waren da die Kätzchen, um sie abzulenken, und dann ein Glas Milch und ein Honigbrot, ehe ich sie zum Schlafen in das Kinderbett packte, das ich vom Frauenverein geliehen und neben meinem Bett aufgestellt hatte. Dort schien sie sich behaglich wohl zu fühlen (außerdem war sie übermüdet, die arme Kleine!), deshalb bekam sie das gekochte Ei zum Abendbrot auch ans Bett. Trotzdem lag ich die ganze Nacht über mit einem Ohr wach für den Fall, daß sie weinend aufwachte und getröstet werden mußte.
Wer nicht schlief, war ich, nicht Antoinette.
Als ich sie am Morgen aus dem Bett holte und ihr erklärte, wer Mrs. Brewer war, und als ich ihr den Garten zeigte, in dem sie spielen konnte, nahm Antoinette auch dies mit demselben friedfertigen Schweigen hin. Daß sie nicht stumm war, wußte ich – obwohl mir einfiel, daß ich sie noch kein Wort hatte sprechen hören –, da sie mit den Katzen gemurmelt hatte. Doch wurde mir während der ersten Tage unseres Zusammenlebens klar, Cecilias Tochter war das, was man früher einfältig genannt hat.

2

Als ich unsere erste Begegnung schilderte, habe ich gesagt, daß sie ein Baby war. Antoinette war tatsächlich drei Jahre alt. Mit drei Jahren hätte sie leicht imstande sein müssen, meine Schnürsenkel aufzuziehen, und sie hätte nicht nur Laute von sich geben, sondern mindestens plappern müssen. Antoinette verfügte mit ihren drei Jahren über kein größeres Vokabular als ein Baby.
Sie war auch noch genauso tapsig wie ein Baby. Daß ich mir bereits vorgestellt hatte, wie sie eine Eierschüssel oder einen Korb voll Orangen mit ernster und vorsichtiger Sorgfalt trug, war voreilig gewesen. Antoinette ließ alles fallen, was man ihr zu tragen gab – so als ob ihr Konzentrationsvermögen ungewöhnlich begrenzt sei. Sie verschüttete sogar die Milch in ihrer Tasse, ehe sie daraus trank, und kleckerte den Porridge vom Löffel, bevor er im Mund landen konnte: das brachte natürlich allerhand Schmiererei mit sich, und ich mußte mich sehr zusammennehmen, dabei nicht ungeduldig zu werden. Es war nämlich, wie ich schnell merkte, ein wichtiges Gebot im Umgang mit Antoinette, daß man ganz ruhig zu ihr sprechen mußte, um sie nicht zu erschrecken. Sie nicht zu erschrecken, war besonders wichtig, weil ihr auch noch übel wurde, wenn sie sich fürchtete. Nicht daß sie wirklich krank geworden wäre, nur, sie erbrach sich eben. Deshalb hielt ich immer einen Vorrat an Papierservietten griffbereit.
Was ihr ebenfalls Angst einflößte, waren fremde Leute, Geleespeisen und dunkle Brillen (besonders, wenn sie auf- und wieder abgesetzt wurden), aber am meisten

fürchtete sie sich vor einer ärgerlich erhobenen Stimme. Ich selbst teile diesen Widerwillen, natürlich nicht bis zu dem Grade, daß ich mich unter meinem Bett verstecken würde. Bei einer der seltenen Gelegenheiten, als Mrs. Brewer und ihre Schwiegertochter sich in der Küche zankten, entdeckte ich, daß Antoinette, die plötzlich verschwunden war, unter ihrem Bett Zuflucht gesucht hatte. Zum Glück kamen solche Zwischenfälle selten vor, in meinem ruhigen Haushalt wie im Dorf allgemein, dessen Wahlspruch – vorausgesetzt, es würde je ein Wappenschild erhalten – lauten könnte: *De gustibus non est disputandum* – was soviel heißt wie: Ich tadele niemand. Wenn zwei Ehepaare, ohne den Segen des Scheidungsrichters, ganz offen die Partner tauschten, empörte sich niemand darüber, jedenfalls nicht mehr als über die alte Mrs. Bragg, die von ihrer Rente fünfzehn Katzen unterhielt und regelmäßig jeden Sonntag auf ihrem Heimweg von der Frühmesse alle Milchflaschen stahl, die noch nicht hereingeholt worden waren. Dem alten Mr. Pyke auf Hollanders, der so grob mit dem Riemen umging – wehe dem Bürschchen, das sich in seinem Obstgarten erwischen ließ –, wurde zugute gehalten, wieviel Dresche er als Junge nach dem Tod seiner Mutter bezogen hatte von einem Vater, der noch gröbere Fäuste hatte als er. (Es bleibt abzuwarten, was man mir einmal nachzusehen haben wird.) Dann gab es noch den Major Cochran, ehemals königliche Artillerie, mit Orden und Streifen, eine ständige Gefahr für jeden Waffenstillstandsgedenktag. Wie in jedem anderen Dorf war man auch bei uns nur zu gern bereit, dieses Tages mit glanzvollen Aufmärschen der Veteranen, der Pfadfinder und der St. John-Ambulanz-Brigade zu gedenken. Wegen der Schwierigkeiten mit seinem Gebiß dauerte der stets wiederkehrende Rezitationsvortrag des Majors von »Ein früher Tod ist ihnen gewiß« oft so lange, daß die Kapelle bis zu zehn Minuten auf der Stelle treten mußte, aber niemand tadelte ihn ... Und so machte bestimmt niemand im Dorf Antoinette einen Vorwurf daraus, daß sie einfältig war.

2

Antoinette verstand sehr gut, solange man langsam und ruhig mit ihr sprach. Man brauchte nur Geduld dazu. Sie hörte gern Gedichte, die einen starken Rhythmus hatten wie zum Beispiel »Die Trümmer des alten Roms«. Ich machte sie auch – ein etwas abrupter Übergang, fürchte ich – mit leichten Kinderreimen bekannt wie »Pussykatz, Pussykatz, wohin willst du laufen?«, ersetzte allerdings das etwas sperrige einsilbige Wort »Queen« durch das leichtere dreisilbige »Nach London, um eine *Terrine* zu kaufen!«. Antoinette wußte, was eine Terrine war, etwas, aus dem ich uns die Suppe austeilte. Sie schien auch das Wort selbst zu mögen wegen seines angenehm schwingenden Tonfalls. (»Terrine-Terrine«, hörte ich sie einmal einen Igel locken.) Offenbar gab es für sie keinen Zusammenhang zwischen Klang und Bedeutung. Ein anderes Wort, das sie sehr mochte, war »Maden«; sie hatte es bei einer Unterhaltung mit meinem Gärtner über Schädlingsbekämpfung aufgeschnappt. Und wirklich, wenn man einmal nur dem Klang lauscht, welches Wort wäre hübscher, besonders dies weiche »M«, mit dem auch die Worte »Malven«, »Mandeln« und »Murmel-

tier« beginnen? So wurde »Maden« für Antoinette dann auch das Wort für Zuneigung, das sie gleichermaßen auf eine Katze, eine tote Kröte oder auf mich anwandte.
Es ist kaum zu beschreiben, welch zutrauliches kleines Geschöpf sie war. Wenn ich »Geschöpf« sage, so wie ich auch »Wesen« hätte sagen können, gestehe ich zugleich ihre Einfalt ein. Ich selbst bin zwar kinderlos und, um es genau zu sagen, unverheiratet, habe aber ausreichend Gelegenheit gehabt (wer hat sie nicht in einem Dorf?), Kinder vom Säuglingsalter an zu beobachten – mit dem Ergebnis, daß ich nun fest an die Lehre von der Erbsünde glaube. Selbst das zarteste Baby ist begehrlich; kaum kann ein Kind auf seinen Füßen stehen, schon benutzt es sie, um den Sandkuchengrenzstein seines Nachbarn zu zertrampeln, und selbst raffiniertere Laster wie Stolz und Hochmut keimen früh. (In dem Wortwechsel »Kann ich mit dir spielen?« – »Nein, du nicht!« kündigt sich schon das Golfklub-Komitee gegenüber dem Juden oder Händler an.) Antoinette war keineswegs unnahbar, es sei denn einem Fremden gegenüber, und nichts in der Natur war ihr zuwider.
Der Metzgerjunge zum Beispiel, der so auffallend schieläugig war, daß er ein Mädchen nicht einmal dazu bewegen konnte, mit ihm ins Kino zu gehen, fand in Antoinette fast eine Verehrerin. Sie schien in seinem schiefen Blick eine interessante Abweichung von der Norm zu sehen, was mich anfangs verwunderte, wenn ich an ihre Abneigung gegen dunkle Brillen (auch eine Gesichtsvariante) dachte. Aber Kevins Schielen war von der Natur gegeben, oder dachte Antoinette vielleicht, er schielte absichtlich, um zu amüsieren? Sie zeigte jeden-

falls nicht den leisesten Widerwillen, anders als die Mädchen, die nicht mit ihm ins Kino gehen wollten, und mehr als einmal mußte ich einen Braten zurückschicken, den ich nicht bestellt hatte. – »Wenn der auf einen Auftrag wartete, würden wir ihn nicht öfter als einmal in der Woche zu Gesicht bekommen«, stellte Mrs. Brewer sehr richtig fest und fügte hinzu, daß er sich neuerdings ganz schön gemausert habe.
Antoinette übersah auch nicht Mrs. Bragg, die Diebin der Sonntagsmilch. Wie ich schon sagte, niemand außer ihren Opfern nahm das Mrs. Bragg übel, wenn ich persönlich auch der Meinung war, daß sie entweder mit ihrer Rente hätte auskommen oder weniger Katzen hätte halten sollen. Sie roch so stark nach den Katzen, daß mir ein Hauch aus ihrem Mantel genügte, und ich beschleunigte in der High Street meine Schritte – wenn Antoinette nicht bei mir war. Antoinette sog den Geruch, der für Katzen natürlich war, aber nicht für Mrs. Bragg, eher prüfend ein und blieb sogar zurück, was der alten Spitzbübin Gelegenheit gab, mich um einen Schilling anzugehen. Schließlich mußte ich Mrs. Bragg übersehen, weil mein Geldbeutel mir nicht erlaubte, fünfzehn Katzen zu ernähren, die man zum größten Teil hätte abschaffen sollen.
Das Dorf nahm Antoinette so freundlich und zartfühlend wie möglich hin. Wenn ich sie mit zum Einkaufen nahm, begegneten ihr nur wohlwollende Blicke. Aber am wohlsten fühlte sie sich im Garten, wo wir mehr und mehr unsere Zeit verbrachten und ohne jede andere Gesellschaft zufrieden waren. Nicht, daß sie immer in meiner Nähe gewesen wäre: Sie schien gelegentlich ein star-

kes Bedürfnis nach Einsamkeit zu empfinden. Es wäre natürlich absurd, zu behaupten, daß sie nachdenken wollte, aber dennoch hockte sich Antoinette oft für eine ganze Stunde unter meine Artischocken, wo sich infolge ihrer häufigen Besuche bald ein kleines Nest aushöhlte, wie das Erdnest eines Eichhörnchens zwischen den kräftigen schützenden Stengeln ...

3

Ich fragte mich oft, wie ihr Leben in New York ausgesehen haben mochte. Kein Stück der wunderschönen Spielsachen, die man für sie zurückgelassen hatte, konnte auch nur im geringsten Antoinettes Aufmerksamkeit erregen, dabei habe ich nie hübschere gesehen: ein kleines Lamm aus Kaschmirwolle, ein japanisches Mousmé, kostbar in Seide gekleidet, ein anderes Püppchen, das aussah wie eine puritanische Jungfer frisch von Bord der »Mayflower«. Sie bevorzugte als Spielzeug mehr natürliche Gegenstände, sobald sie gelernt hatte, im Garten herumzustöbern, Kröten etwa, egal ob tot oder lebendig. Ich selbst habe Kröten immer geschont. Zumindest habe ich ihnen nie nachgestellt, weil ich für dies häßliche Tier mit dem Edelstein am Kopf große Sympathie habe – das heißt, solange es lebt und hüpft. Antoinette mochte sie tot genauso gern oder sogar noch lieber, weil sie sich dann weniger sträubten, in der Tasche herumgetragen zu werden. Ich mußte mich damit abfinden und wartete, bis Gestank und Verwesung einsetzten, bevor ich ihre Taschen ausleerte und ihr Kleidchen in einem Desinfektionsmittel einweichte. Selbstverständlich schrubbte ich ihr vor jeder Mahlzeit die Hände.

In dem Sack mit den mitgebrachten Spielsachen waren auch einfache Spiele wie »Mensch ärgere dich nicht« und ein Flohhüpf-Spiel mit hellen Elfenbeinknöpfen. Was Antoinette als Zutat anzubieten hatte und den Knöpfen unbedingt vorzog, waren schöne braune Kaninchenköddel – für mich der erste Hinweis, daß ich überhaupt Kaninchen in meinem Garten hatte. Zwar geht der obere Teil (den ich meinen Lustgarten nenne) in die Heide über, aber ich hatte bisher nicht gemerkt, wie unbekümmert sie von meinem ganzen Territorium Gebrauch machten.

Flohhüpfen mit Kaninchenköddel statt mit Elfenbeinknöpfen gespielt, geht natürlich viel langsamer, in Wirklichkeit ist es überhaupt nicht mehr dasselbe Spiel, aber es gefiel Antoinette um so besser, als bei ihr ohnehin alles etwas langsamer ging.

Mit dem Kot, den umherstreunende Hunde hinterließen, wenn ich versehentlich die Gartentür offengelassen hatte, war es ähnlich. Wenn ich vielleicht noch verstehen kann, daß sie an der zigarrenähnlichen, schönen Form und festen Konsistenz Gefallen fand, so konnte ich mich doch niemals damit befreunden, ihn unter ihrem Bettchen versteckt zu finden. Mrs. Brewer ging es genauso, und eine von uns beiden fegte ihn regelmäßig auf. Antoinette sah niemals nach und schien ihn vollständig vergessen zu haben, so wie sie alles vergaß, wie sie sogar ihre Eltern vergessen hatte.

Ich dachte oft darüber nach, ob ihre Eltern das wußten; das beschäftigte mich mehr als ihr Leben in New York. Es schien unmöglich, daß sie es nicht wußten, nur hatte während unserer kurzen Begegnung nichts an ihrem Benehmen darauf schließen lassen – aber Eltern sind bekanntlich oft die letzten, die etwas merken, und geben selten irgendeine Unzulänglichkeit bei ihren Sprößlingen zu. Entweder sind sie aus natürlicher Liebe blind, oder sie empfinden es als eine Art persönlicher Kränkung, die sie instinktiv zurückweisen. (Wie lange hat es zum Beispiel gedauert, ehe Mrs. Parrish, eine Cousine zweiten Grades von Mrs. Brewer, zu der Einsicht gebracht werden konnte, daß ihr epileptischer Bobby mehr als nur überspannt war!) Aber dann erinnerte ich mich an Cecilias Bemerkung über Miss Swanson: »Mit absolut allen Qualifikationen!«, das ließ doch wohl auf mehr als ein einfaches Kindermädchen schließen? War es nicht ein Hinweis darauf, daß die Guthries die besonderen Bedürfnisse ihrer Tochter erkannt hatten? Eigentlich ging mich das wenig an, ich hatte lediglich die Pflicht, mich vier Wochen um Antoinette zu kümmern und dafür zu sorgen, daß sie gesund und munter blieb. Das würde nicht schwer sein, so viel war klar. Andererseits ging es mich ganz offensichtlich doch etwas an (da es schließlich Antoinettes Zukunft betraf), und ich kam zu dem schmerzlichen Schluß, daß es meine Pflicht wäre, ein sehr offenes Gespräch mit ihren Eltern zu führen, wenn sie Ende des Monats zurückkehrten.

Diese Aussicht machte mir so viel angst, daß ich nachts manchmal nicht einschlafen konnte und, was schlimmer war, auch Antoinette dann in ihrem Bettchen wach neben mir lag. Ich sagte ja schon, sie hatte ein ausgeprägtes Wahrnehmungsvermögen für jede Art von Spannungen. Nach jener ersten Nacht völliger Erschöpfung konnte auch sie nicht zur Ruhe kommen, solange ich nicht schlief. Schließlich lenkte ich mich dadurch ab, indem ich in Gedanken Keats Oden »An eine Nachtigall«, »An den Herbst« und »An eine griechische Vase« aufsagte, in der letztgenannten verlangt der vertrackte Teil nach »Mehr beglückende Liebe / Mehr beglückende, beglückende Liebe« so viel Konzentration, daß sich jeder andere Gedanke von selbst ausschließt. Wie sich herausstellte, hätte ich mich nicht zu quälen brauchen, zumindest nicht so frühzeitig.

4

Der Ausbruch des Krieges, der sich wie 1914 durch herrliches Wetter ankündigte (ich würde dazu sehr gern einmal den Kommentar eines Meteorologen hören), überraschte die Guthries ausgerechnet in Salzburg. Wie ich erfuhr, wurde Rab von dort als wichtiger Industriechemiker in einem Privatflugzeug seiner Gesellschaft einfach zurück in die Staaten verfrachtet. Cecilia begleitete ihn natürlich – und wer wollte es ihr verdenken? Später schrieb sie einmal in einem ihrer amüsanten Briefe, ob sie sich denn – abgesehen von der Pflicht ihrem Mann gegenüber – dem Krieg etwa in einem Dirndl hätte präsentieren sollen? So erstreckte sich auf einmal zwischen Antoinette und ihren Eltern ein Ozean, der so gefährlich war, daß Cecilia den Gedanken einer sofortigen Vereinigung der Familie weit von sich wies.
Allerdings überstanden einige hundert britische Kinder die Fahrt ungefährdet. (Lenny, der Sohn unseres Polizisten, erlebte die tollste Zeit seines Lebens in Brooklyn.) Aber Cecilia bat mich in einer Reihe aufgeregter Kabel,

Antoinette hier in Sicherheit zu bewahren, und ich übernahm diese Aufgabe nur allzu gern, nachdem ich das Kind so liebgewonnen hatte.

5

Es fällt mir nicht leicht zu lieben. Ganz im Gegensatz zu dem hier allgemein verbreiteten Glauben, bin ich alles andere als liebevoll. Ich bin sehr kritisch und leicht verstimmt, wenn ich über die Umstände keine Macht habe. Ich denke oft, ich wäre besser als Fischweib auf die Welt gekommen, das kann sich derb ausdrücken und sogar handgreiflich werden, oder auch als Machthaber mit einem Gefolge von Untergebenen, die wie Heloten fraglos kämen und gingen, wenn ich zu ihnen »Komm« oder »Geh« sagte. Aber da ich statt dessen nun einmal eine ältere, alleinstehende Frau ohne Stellung und mit bescheidenen Mitteln bin, gebe ich mein Bestes, um liebenswürdig zu wirken. — Wenn ich sage »ohne Stellung«, stimmt das nicht ganz: Mein verstorbener Vater war Gemeindepfarrer, und solange ich bleibe, wo ich bin, genieße ich ein gewisses Ansehen. Aber es ist dieser Ruf der Liebenswürdigkeit, der mir hilft, meinen Willen durchzusetzen. Wenn ich zu Mrs. Brewer sagte: »Kommen Sie her!«, obwohl sie Rheumatismus hat, dann eilt sie herbei, oder zum Fensterputzer: »Gehen Sie, ich will mich gerade hinlegen!«, dann geht er unverzüglich und kommt am nächsten Tag wieder. Um diesen vermeintlichen Charakterzug glaubhaft erscheinen zu lassen, muß ich natürlich mehr Unannehmlichkeiten als normal auf mich nehmen; so muß ich an Krankenbetten wachen, bis der Doktor kommt, und im Ernstfall bei den Toten bleiben, nachdem er gegangen ist; ich muß die Nachricht des schmerzlichen Verlustes überbringen, das heißt im allgemeinen alles weiter tun, was ich schon als Mädchen und später als junge Frau als unbezahlter Hilfsgeistlicher auch tat. Diese frühe Übung kommt mir nun zustatten! Dennoch bin ich von Natur aus weit mehr Fischweib oder Machthaber – die mindestens den Mangel an Hemmungen gemeinsam haben müssen –, und ich habe nie daran gezweifelt, daß ich in einer harten Krisensituation genauso unbarmherzig handeln würde wie sie; nur bot sich bisher noch keine Gelegenheit.

6

Ich versuchte gar nicht erst, Antoinette diese neue Entwicklung zu erklären. Sie schien, wie ich schon sagte, ihre Eltern völlig vergessen zu haben: Ich hätte langsam die Erinnerung an sie wachrufen müssen, doch ich wußte, daß ich dazu ganz und gar nicht fähig war. Antoinette lebte in der Gegenwart; sie lebte darin mit mir. Ihr klarzumachen, daß sie jetzt noch nicht woanders leben sollte, schien pure Zeitverschwendung.
Zu den Auswirkungen des Krieges gehörte es, daß wir Zivilisten alle namentlich und zahlenmäßig erfaßt wurden, daß wir Kennkarten und Lebensmittelkarten bekamen und daß man uns allgemein auf eine Art herumkommandierte, die ich persönlich als äußerst belästigend empfand, aber ich will mich nicht weiter damit aufhalten. Ich hoffe, ein guter Patriot zu sein, aber ich sah einfach nicht ein, warum man sich die Mühe machen und Ver-

dunkelungsvorhänge anbringen sollte, an einer Küste, die sich ganz eindeutig von der Nordsee abhebt und von der die deutsche Admiralität wahrscheinlich Karten hatte. Wie dem auch sei, es gab eine Fülle grundlegender Störungen. Dr. Alice zum Beispiel machte mir unaufgefordert einen Besuch, um nachzusehen, ob meine Bronchitis nicht schlimmer war als gewöhnlich.
Ich habe nichts gegen Alice Philpot – Doktor der Medizin, Studium in London. Niemand hatte etwas gegen sie. In East Anglia ist das Andenken an Elizabeth Garrett Anderson immer noch so lebendig, daß es hierzulande keinerlei Vorurteil gegen sie gab (weil sie kein Mann war). Die ansässigen Bauern schickten nicht nur den Knecht zu ihr wegen einer Tetanusspritze, so wie sie ihren Hund zum Tierarzt brachten, sondern verließen sich auch auf sie, wenn ihre Frauen in den Wehen lagen. Zu sagen, ich hätte nichts gegen Alice Philpot, ist sogar eine Untertreibung. Ich hatte den größten Respekt vor ihr, aber es wäre mir lieber gewesen, wenn sie sich weniger um meine Lungen gekümmert hätte. Schon als Kind hatte ich hin und wieder eine leichte Bronchitis, doch nahm man damals nur insoweit Notiz davon, als man mich vom Wasser fernhielt und ich also nie schwimmen lernte. Dr. Alice jedoch bestand unter Androhung fürchterlicher Rippenfellentzündungen darauf, mich mehrmals im Winter mit dem Stethoskop abzuhorchen. Weil es jetzt aber Hochsommer war, hielt ich meine Weigerung, die Unterjacke abzulegen und tief Luft zu holen, für durchaus gerechtfertigt. Ich war so kurz angebunden wie möglich, und das noch aus einem ganz anderen Grund: Ich wollte nicht, daß sie Antoinette begegnete.

Das Dorf akzeptierte mein Kind als einfältiges Geschöpf, man hielt sich nicht darüber auf und war freundlich zu ihm. Ich zweifelte auch keineswegs an Dr. Alices Freundlichkeit, aber ich fürchtete ihre angeborene Unfähigkeit, sich nicht einzumischen.

Zum Glück erwischte sie mich drinnen, wie ich an meinem Schreibtisch die Monatsrechnungen prüfte; Antoinette war wie gewöhnlich im Garten. Doch gerade als Dr. Alice gehen wollte, kam das Kind auf der Suche nach mir herein, in der einen Hand einen toten Frosch, in der anderen, wie ich leider sehen mußte, eine Hundezigarre. – Dr. Alice blieb stehen.

»Ist das nicht das Guthrie-Kind?« fragte sie interessiert.

»Ja«, sagte ich. »Antoinette, sag Frau Dr. Philpot guten Morgen«, fügte ich hinzu, »oder muß ich es für dich sagen, Antoinette?« Noch während ich sprach, fiel mir ein, daß ich jetzt den Zustand des Kindes genauso bemänteln wollte wie Cecilia damals vor mir, und ich konnte nur hoffen, Dr. Alice ließe sich genauso leicht irreführen.

Antoinette nahm diese Aufforderung natürlich gar nicht zur Kenntnis, sondern zeigte stolz die Zigarre vor.

»Geh und wirf sofort das schreckliche Ding weg«, sagte ich, »geh und wasch dir die Hände ...«

Das war wieder wegen Dr. Alice gesagt. Ich gab mich nicht der Hoffnung hin, daß Antoinette gehorchen würde. Es war ein viel längerer Satz, als ich ihn sonst gebrauchte, und auch der mißbilligende Ton angesichts eines mir wohlbekannten Fundes mußte sie bestürzen und erschrecken. Antoinette sah nur noch sprachloser aus als sonst.

»Wie alt?« fragte Dr. Alice liebenswürdig.
»Drei«, sagte ich.
»Man sieht sie nicht viel«, bemerkte Dr. Alice.
»Sie bleibt gern im Garten und spielt dort«, erklärte ich.
»Finden Sie nicht, daß sie sich dabei sichtlich wohl fühlt?«
»Sehr«, stimmte Dr. Alice zu – in diesem Augenblick (und das hätte ich vorhersehen müssen) wurde es Antoinette schlecht. Glücklicherweise brauchte ich nur unter das nächstgelegene Kissen nach einer Papierserviette zu greifen und hatte sie im Nu wieder sauber, während ich Frosch und Hundezigarre in meinem Taschentuch verschwinden ließ. Es wurde Antoinette dann noch einmal schlecht, aber danach hockte sie sich ganz zufrieden auf meine Schuhe.
»Sie sind nicht böse, wenn ich Sie nicht zur Tür bringe?« fragte ich.
»Alle jungen Tiere spucken«, sagte Dr. Alice. »Sie brauchen mir nur Bescheid zu sagen, wenn sie keinen Appetit mehr hat...«

7

Antoinettes Appetit nahm jedoch zu – zum Teil mag es daran gelegen haben, daß sie meistens an der frischen Luft war. Selbstverständlich steckte ich sie nachmittags immer ins Bett – zuviel Sonne macht ein Kind reizbar –, während ich selbst in der Kühle meines Wohnzimmers ein Nickerchen hielt. Sonst lebten wir bei dem anhaltend schönen Wetter hauptsächlich im Garten; Antoinette nahm häufig auch ihre Honigbrot-Mahlzeit dort ein und freute sich dabei über die Teilnahme von Wespen und

Hummeln, und ich muß zugeben, sie wurde nie gestochen.
Es war eine glückliche Zeit. Ich empfand so etwas wie Schuldgefühl, weil ich so glücklich war; denn während dieser Zeit heulte der Sturm des Krieges. Aber auch wenn der Orkan tobt und die Eiche fast zerschmettert, die Insekten in ihren Wurzeln leben ihr Leben fast ungestört weiter, und die volle Wucht des Sturms traf uns nie. Wir wurden nicht bombardiert, in unserer vorwiegend landwirtschaftlichen Gemeinde wurden nicht einmal alle jungen Männer einberufen, und wenn auch einige unserer Soldaten nicht wieder nach Hause kamen, war es doch bei weitem nicht mit dem mörderischen Sterben des Ersten Weltkrieges zu vergleichen. (Auf der Ehrentafel 1914 bis 1918 in unserer Kirche stehen siebzehn Namen verzeichnet, 1945 – ich greife schon wieder vor – mußten nur acht hinzugefügt werden.) Ein schwerer Verlust war der Weggang von Dr. Philpot, sie kehrte sofort bei Beginn der Bombardements auf London an ihre Universitätsklinik zurück. Jedermann verstand und respektierte ihre Beweggründe, wir hatten es ohnehin immer als besonderes Glück betrachtet, in einer so kleinen Gemeinde einen so guten Arzt zu haben (obwohl, ich sagte es schon, ihre Praxis sich weit über die Gemeindegrenzen erstreckte). Die Not in London war unermeßlich viel größer, dennoch, wir vermißten sie sehr.
Es war eine glückliche Zeit. Während ich im Garten saß und strickte oder Bohnen schnippelte und wußte, Antoinette war nicht weit weg, bei den Artischocken oder oben im Gebüsch, ertappte ich mich dabei, wie ich immer wieder Keats Zeile »Schöne Tage wollen niemals enden...« vor mich hin sagte.

Dann erhielt ich einen Brief von einem Mr. Hancock mit dem Absender Gray's Inn, in dem dieser seinen Besuch ankündigte, um mit mir über die Zukunft der mir vorläufig anvertrauten Antoinette Guthrie zu sprechen.

3

Für jemanden, der die Sechzig überschritten hat, habe ich erstaunlich wenig mit Rechtsanwälten zu tun gehabt. Mein Vater überließ seine Wertpapiere den Testamentsvollstreckern, und deren Nachfolger haben immer mir mitgeteilt, was damit zu tun war. Anfangs hatte man mir geraten, festverzinsliche Papiere zu kaufen und – noch in Trauer – war ich diesem Rat gefolgt. Wenn ich das später auch in selbstherrlicher Gemütsverfassung manchmal bedauert habe, so stand ich doch niemals vor der Pleite oder vor einer Zwangsversteigerung bei Lloyds. Einmal war ich allerdings entschlossen gewesen, einen Anwalt für Mrs. Brewer zu nehmen, als man für die Erweiterung des Friedhofs auf ihre Parzelle übergreifen wollte, aber sie hatte schlappgemacht und sich vom Gericht abfinden lassen.

Immerhin kannte ich Mr. Hancock durch das Ansehen, das er sich mit der Abwicklung von Tam Guthries Nachlaß erworben hatte. Und dann: Alle Juristen waren einmal Kinder und alle Rechtsanwälte sind Männer, und die meisten Männer lieben guten Tee. Deshalb stellte ich für Mr. Hancock frisch gebackene Brötchen, Honig und selbstgekochte Marmelade bereit, dazu sehr dünne Kresse-Sandwiches und einen besonders guten Kirschkuchen, den ich vorzeitig bei der Spenden- und Kaufaktion zugunsten des Roten Kreuzes im Frauenverein ergattert hatte.

Antoinette bekam ihren Tee früher. Natürlich würde Mr. Hancock sie sehen wollen, aber ich fürchtete, ihre Schmiererei mit dem Essen könnte ihm einen falschen Eindruck von uns beiden vermitteln. Es lag mir äußerst

viel daran, einen guten Eindruck auf Mr. Hancock zu machen. Mit Bedacht unterdrückte ich von Anfang an alle Herrscher- oder Fischweibgelüste in mir, die sein Brief in Wallung gebracht hatte. Ich wollte mich vor seiner männlich überlegenen Meinung hübsch bescheiden geben. Aber er war kaum angekommen, und wir hatten uns gegenseitig gerade erst vorgestellt, da wies ich ihn, unglücklicherweise, schon ziemlich scharf zurecht, seine Brille doch entweder auf- oder abzubehalten. Es war nämlich seine Sonnenbrille: Antoinette, an der Gartentür an meinen Fersen, wich ängstlich zurück, als er sie abnahm, vermutlich, um sie besser betrachten zu können. Während er sie dann gedankenlos wieder aufsetzte, fühlte ich, wie die Furcht in ihr anstieg, und sah nur allzu gut die unvermeidlichen Folgen voraus. Trotzdem tat es mir leid, daß ich so grob gewesen war. Mr. Hancock sah erstaunt drein, das war verständlich.
»Antoinette mag es nicht, wenn man eine dunkle Brille auf- und absetzt«, entschuldigte ich mich. »Darf ich Ihnen eine Tasse Tee anbieten?«
Mr. Hancock versicherte, daß er mit Vergnügen annehme. Er hatte einen ganz leichten schottischen Akzent, gerade genug, um mich an Rab Guthrie zu erinnern. Schotten halten bekanntlich zusammen, daher wunderte mich das nicht, ganz abgesehen von der Verbindung mit Tam. Antoinette blieb instinktiv im Garten, und Mr. Hancock, der die Brille nun endgültig abgenommen hatte, folgte mir ins Haus zum Teetisch. – Früher, sagt man, sei der Hofknicks dazu dagewesen, einer Frau Zeit zum Überlegen zu geben, heutzutage würde ich für diesen Zweck raten, Tee einzuschenken.

Ich schenkte ein, Mr. Hancock trank. Und er aß. Es schien, als schmeckten ihm besonders die Kresse-Sandwiches, die ihn, wie er sagte, an Tennispartien bei Freunden in Norfolk erinnerten. Es war wirklich eine angenehme Plauderei. Aber die Pause zum Nachdenken dient beiden Geschlechtern gleichermaßen zum Vorteil, und ich war mir während der ganzen Zeit seines klugen Juristenblickes bewußt, dem (genau wie damals bei Rab Guthrie) keine Kleinigkeit in meinem Wohnzimmer und dem Stück Garten entging, den man durch die Verandatür sehen konnte.

»Und nun –«, sagte Mr. Hancock und stellte seine Tasse ab.

»Nun?« fragte ich und goß mir nach.

»– habe ich Ihnen einen Vorschlag zu machen«, sagte Mr. Hancock, »den Sie vielleicht sofort zurückweisen werden, obwohl ich das nicht hoffe. Die Eltern des Kindes –«

»Von Antoinette«, sagte ich. Kleine Tiere, und seien sie noch so anhänglich, können anonym sein, Kinder haben Namen.

»Antoinettes Eltern also«, nahm Mr. Hancock den Faden wieder auf, »sind zu dem Schluß gekommen, es sei im Augenblick zu riskant, sie heimzuholen, – und das wird sich in absehbarer Zeit nicht ändern. Es liegt auf der Hand, daß ein paar langfristige Vereinbarungen für sie getroffen werden müssen.«

»Es liegt auf der Hand«, sagte ich.

»Könnten Sie sich vorstellen, daß sie auch für eine Zeit von mehreren Jahren bei Ihnen bliebe?«

Der Krieg war so plötzlich über uns hereingebrochen,

daß ich tatsächlich zum erstenmal über seine mögliche Dauer nachdachte. Zu meiner Schande (aber dafür hatte ich später viele schlaflose Nächte!) wurde mir bei dem Satz »für eine Zeit von mehreren Jahren« froh zumute. Ich war in der Tat bereit, das versicherte ich Mr. Hancock, Antoinette so lange wie nötig bei mir zu behalten, und ich fügte hinzu, was mir noch viel wichtiger schien: Ich war fest davon überzeugt, daß sie dabei keinen Schaden nehmen würde.

Mr. Hancock sah sich noch einmal gründlich um. Er hatte den wahren Juristenblick! Gottseidank, ging es mir durch den Kopf, die Einkommen- und Kommunalsteuer hatte ich bezahlt und mein Bankkonto nicht überzogen.

»Nein, ich kann mir nicht vorstellen, wie ein solches Würmchen hier zu Schaden kommen sollte«, sagte er gedankenvoll.

Warum ich nicht empört war, Antoinette auf schottisch als Würmchen und nicht als Kind bezeichnet zu hören, weiß ich nicht recht, vielleicht weil die beiden Burns und Sir Walter der schottischen Sprache allgemein einen schmeichelnden Zauber verliehen. Mr. Hancocks »Würmchen« klang so freundlich, daß ich anfing, ihn zu mögen. Natürlich hielt ich inzwischen auch mehr von ihm, weil er Vertrauen und Zuversicht in mich setzte, und das machte ihn in meiner Eigenliebe zu einem guten Menschenkenner. Doch dieses große Vertrauen, so schmeichelhaft es war, rührte gleichzeitig auch an mein Gewissen, und ich gestand ihm, was ich Dr. Alice verschwiegen hatte, daß Antoinette nicht ganz wie andere Kinder war. Zu meiner Verwunderung nickte Mr. Hancock.

»Das hat ihr Vater vermutet«, sagte er. »Wie ich höre,

will ihre Mutter nichts davon wissen. Es war mit ein Grund für Guthries Zustimmung, sie damals hier zu lassen. Wenn ich so sagen darf, haben Sie einen sehr guten Eindruck auf ihn gemacht?«
Ich war natürlich hochbefriedigt und aufs neue geschmeichelt. Mein Gewissen, weniger bestechlich, blieb wach.
»Da wäre noch eine Frage«, sagte ich, »ob sie nicht vielleicht eine Art Spezialbehandlung bekommen sollte. Doch wenn ich sie dafür nach London oder auch nur nach Ipswich bringen muß, kann ich für die Folgen nicht einstehen. Sie ist hier bisher noch nicht einmal mit dem Bus gefahren. Und sie kann Terrine sagen.« »Terrine?« wiederholte Mr. Hancock verständlicherweise sehr erstaunt.
»Und Maden«, fuhr ich fort. »Ich will nicht behaupten, daß sie damit dasselbe meint, was Sie und ich darunter verstehen, aber sie weiß, was *sie* damit meint. Man muß es nur lernen. Trotzdem wäre es mir eine große Erleichterung, wenn Sie vor Ihrer Abreise noch mit Dr. Alice – ich meine Philpot – sprächen.«
Und wieder verblüffte mich die alte Spitznase.
»Ich hatte tatsächlich etwas Derartiges vor«, sagte er. »Sie erinnern sich vielleicht, sie und Robert Guthrie kannten einander.«
Ich wußte nichts davon und sagte es.
»Vielleicht hat er ihr auch nur einen Besuch gemacht«, sagte Mr. Hancock einlenkend. »Immerhin konnte er mir ihre Adresse geben, und sie erinnerte sich genau an ihn.«
Natürlich, wenn ich es mir so überlegte, war dafür in ein paar Tagen auch genug Gelegenheit gewesen. Vielleicht, und das schien mir am einleuchtendsten, hatte Antoinettes Vater Dr. Alice auch schon besucht, bevor man den

Plan gefaßt hatte, sie bei mir zu lassen, nicht erst danach. Das wiederum wäre eine Erklärung für ihre häufigen Besuche wegen meiner Bronchitis. Wenn ich etwas verabscheue, dann ist es Verlogenheit – doch ich sah ein, daß diese indirekte Beobachtung des Kindes (und ich war nun überzeugt, daß es sich so verhielt) vernünftig und freundlich gewesen war. Nur zu gut konnte ich mir Antoinettes Angst vor einem Stethoskop vorstellen! Trotzdem, man hat es nicht gern, wenn man bemogelt wird, und ich überließ es Mr. Hancock, das unhöflich gemeinte Schweigen zu brechen.
»Ihr einziges Rezept ist«, fuhr er fort, »F. u. G.«
Es hörte sich an wie ein neues Medikament. Aber zweimal lasse ich mich nicht beschwindeln. Ich witterte einen versteckten Scherz, mit dem Fachleute Laien gern zum Narren halten, und wartete wieder.
»Oder Freundlichkeit und Güte«, erklärte Mr. Hancock. »Kurz gesagt, sie glaubt, wie Antoinettes Vater und nun, wenn Sie erlauben, auch ich, daß es keine besseren Verhältnisse für das Kind geben könnte. Nach ihrer Diagnose ist das Kind einfach zurückgeblieben und nicht autistisch. Die Frage ist nur, ob Sie bereit sind, sich diese Last aufzubürden.«
Ich sagte, daß ich es sei.
»Dann bleibt uns nur noch die finanzielle Seite zu regeln«, sagte Mr. Hancock.
Danach begann er zu meiner Überraschung auszuführen, die Guthries hätten für Antoinettes Kosten und Unterhalt fünf Pfund pro Woche veranschlagt, das entspricht – da er von Jahren sprach – dem Jahresgehalt unseres Organisten. Das war unsinnig, und das sagte ich auch.

Für mich betragen die Extrakosten durch Antoinette nicht einmal ein Fünftel, und außerdem bin ich keine Pensionswirtin. Mr. Hancock hörte mich geduldig bis zu Ende an, blieb aber ungerührt. Er hatte seine Anweisungen, wie er lapidar sagte, und auf meinem Konto würde auf jeden Fall vierteljährlich ein Scheck eingehen, nach Belieben einzulösen oder nicht.
»Oder machen Sie daraus doch einen Heckpfennig für sie«, schlug Mr. Hancock vor.
Und das tat ich auch. Natürlich war ich nicht so halsstarrig, bei sogenannten Sonderausgaben nicht darauf zurückzugreifen. Das bringt mich darauf, wie Antoinette dazu kam, Reitstunden zu nehmen, aber davon später.

4

Antoinette und ich stellten uns nun für die Dauer des Krieges auf ein gemeinsames Leben ein. Und jetzt sollte ich wohl unser Dorf beschreiben, das unsere Nußschale war.

Ich habe »Dorf« gesagt, weil es immer noch eine Dorfatmosphäre hat, obwohl es seiner Größe nach eher als Kleinstadt gelten könnte. Die Bewohner sind stolz darauf, weil ruhiges Leben und gutnachbarliches Verhalten dazu gehören, und sie weisen nicht nur Fremde, sondern auch einander häufig darauf hin. Es gibt nichts Bemerkenswertes dort – nicht einmal die Reiseführer über diese Gegend, einfache Broschüren, im Selbstverlag gedruckt und mit Bleistiftzeichnungen von Laienhand illustriert, erwähnen uns. Aber hat die High Street auch keine Sehenswürdigkeiten, so ist sie dafür wegen ihrer menschlichen Größenverhältnisse angenehm: Kein Gebäude ist höher als drei Stockwerke, außer dem »Woolmers«, doch das ist so breit wie lang und wirkt deshalb neben seinen kleineren Nachbarn so wohlwollend wie eine Kluckhenne über ihren Küken. Größere Häuser dieser Art gibt es sonst nur weiter außerhalb der Dörfer, aber der reiche Wollhändler – daher der Name –, der es gebaut hatte, wollte wohl gern im Zentrum des Geschehens sein. Offenbar ging es mit dem Reichtum später bergab, denn das »Woolmers« ist heute, wie ich schon sagte, ein Hotel. Das andere Gebäude von Bedeutung ist das »Chantry«, es liegt am Berg auf halbem Wege zur Kirche – sein Name erinnert an eine Klosterniederlassung oder besser an einen gepflegten Landsitz. Es ist ein vornehmes Landhaus, etwa im Stil Palladios, auf ebenem Grundstück erbaut, das früher wohl einmal ein Acker war. So weit mein Gedächtnis zurückreicht, hat nie jemand darin gewohnt, aber im Dorf munkelte man von einem Nabob und seinen musikalischen Gesellschaften. Heute steht es ganz verlassen, die Pforten sind in ihren Angeln verrostet und die Rosenbeete dahinter zugewuchert.

Selbst unsere Kirche hat nichts, was ein Reiseführer zu rühmen hätte, und das in einem Lande, das immerhin berühmt für seine Kirchen ist. Sie ist weder mit Reet gedeckt wie die von Theberton, noch majestätisch wie die von Lavenham, und sie hat auch kein Engel-Dach wie die in Blythburg. Es ist nie jemand gekommen, um von unseren Messinggrabplatten Abdrücke zu nehmen, aber es gibt auch bloß zwei davon, und keine von beiden ist sonderlich interessant – kein Ritter in seiner Rüstung, keine Doppelreihe kniender Söhne und Töchter, nur einfache, knapp gehaltene Gedenktafeln an der Nordwand für zwei mittlerweile völlig vergessene Respektspersonen. Der Name der einen war Brewer, aber als ich meine Mrs. Brewer danach fragte, sah sie mich verständnislos an. Brewers habe es zu allen Zeiten hier gegeben, eine nahe Verwandtschaft bezweifelte sie; und wenn ein altes Tantchen einmal vergaß, die Messingplatten zu polieren, dann war Mrs. Brewer ihr deshalb nicht böse.

Mein Haus steht ein Stück weiter oberhalb des »Chantry«. Man muß es wohl ansprechend, aber unauffällig nennen, wie vieles andere im Dorf auch. Das Schönste an ihm ist ein ansehnlicher Garten, der den Vorzug hat (dank einer Steigung), auf zwei Ebenen angelegt zu sein. Das bietet mir außer dem üblichen Rasen und den Blu-

menbeeten eine schmale, grasbewachsene und von Sträuchern umschlossene Erdterrasse, die ich meinen Lustgarten nenne. Ich baue kein Gemüse an – ich habe zu viele freundliche Nachbarn mit Schrebergärten –, außer Artischocken, und die vor allem wegen ihrer Schönheit. Welche andere Pflanze sieht so majestätisch aus? Schon ihre ersten Triebe erheben sich als silbergraue Vorboten klassisch geformten Blattwerks; in voller Höhe, noch ehe sie in riesigen kobaltblauen Distelköpfen erblühen, sind ihre überwölbenden Rippenbögen einfach kathedralenhaft. Selbstverständlich muß ich auf einem so großen Stück Land zweimal in der Woche einen Gärtner beschäftigen – er ist zum Glück kein Sonderling.
Unsere Gemeinschaft ist klein. Den Major Cochran und Mr. Pyke habe ich schon erwähnt, dann ist da natürlich noch der Pfarrer und seine Frau, die Gibsons, die mir in meinem alten Haus hochwillkommen sind. Wenn ich ihrer Einladung, sie doch recht oft zu besuchen und bei ihnen ein- und auszugehen, bisher nicht nachgekommen bin, dann nicht etwa, weil ich sie nicht leiden könnte, sondern weil mir mein altes Haus genug ist. Dann gehören noch die Cockers, meine wohlhabenden Nachbarn, dazu, obwohl sie nicht von hier stammen; sie haben vor ungefähr zehn Jahren Cross Hall gekauft. Die Cockers haben sehr viel Gemeinsinn. Während die Kirche ihre neue Orgel Arthur Cocker zu verdanken hat, finanzierte seine Gattin Beatrice praktisch die Gastdozenten für die Vorträge vom Frauenverein. Das heißt, es wurden im Frauenverein so lange Vorträge gehalten, bis es zu langweilig wurde; allerdings muß ich da meiner alten Freundin, der Schriftführerin des Vereins, ein wenig die Schuld

zuschieben: »Die Sprache des mittelalterlichen Romans« oder die »Frühe Kunst der Maja« waren vielleicht doch nicht die geeigneten Themen.

Aber um den Cockers Gerechtigkeit widerfahren zu lassen: nichts ist leichter als einen Scheck auszustellen, wenn man die Mittel dazu hat, aber als sich unser Organist, der mit dem 250-Pfund-Jahresgehalt, davonmachte, um in der Mannschaft eines Sperrballons Dienst zu tun, war es Beatrice Cocker, die auf der Orgel spielte, und zwar jeden Sonntag. Mit der gleichen Freundlichkeit, wie Mrs. Gibson, forderte sie mich nun auf, doch zu kommen und Orgel zu spielen, wann immer ich wollte. Ich hatte aber genug davon, die Freiwillige zu spielen. (Schon als junges Mädchen hatte ich gemerkt, daß dies eigentlich eine falsche Bezeichnung war, man wird zur Freiwilligkeit bestimmt.) Wie dem auch sei, zweimal im Jahr werde ich zu den Cockers zum Essen eingeladen, und sie bieten mir freundlicherweise jedesmal an, mich mit dem Wagen abzuholen. Ich nehme jedoch lieber Alberts Taxi, damit bin ich unabhängiger und kann mich vor dem Bridge verabschieden.

Bis zum Krieg war unsere Gemeinde sehr konstant, und sie wurde auch im Sommer nicht durch einen Zustrom von Wassersportlern aufgefrischt, wie in Aldeburgh, Yarmouth oder Felixstowe. Unser Dorf liegt nicht am Meer, nur an der Bucht einer Flußmündung, und hier hat sich lediglich ein Bootsklub mit einem verfallenen Bungalow als Klubhaus etabliert. Es überraschte mich sehr (hier nehme ich schon wieder einiges vorweg), wie geschwind und tüchtig unsere amerikanischen Verbündeten von der US-Luftwaffe das alles übernahmen und

Leben hineinbrachten. Sie gingen unverzüglich daran, den Bungalow abzuschmirgeln, regendicht zu machen, neu anzustreichen und eine Bar darin einzurichten. In ein paar Stunden, so schien es jedenfalls uns schwerfälligen Einheimischen, hatten sie im Kies neben dem Flußbett einen ganz ansehnlichen Swimming-pool ausgebaggert. Denn der amerikanische befehlshabende Offizier (einer der liebenswürdigsten Männer, die ich kennengelernt habe) hatte Verstand genug, die Meinung der Ortsansässigen über die gefährlich schnell wechselnden Gezeiten und schnell ablaufenden Wasser unserer Bucht ernst zu nehmen. Er sagte, und wir fanden das sehr witzig, er würde seine Leute lieber an der französischen Küste ersaufen sehen als an der von East Anglia. Er war auch so freundlich, an den Samstagen und Sonntagen, wenn alle Kinder das Schwimmbad benutzen durften, einen von seinen Männern Aufsicht führen zu lassen – eine Erleichterung für die Eltern unserer kleinen Wasserratten und eine zusätzliche Attraktion für diese selbst.
Sie hatten im amerikanischen Swimming-pool eine herrliche Zeit. Ich ging mit Antoinette nur deshalb nicht hin, weil ich nicht schwimmen kann – an seinem tiefgelegenen Ende hätte selbst ich ertrinken können, und ich wußte, wie leicht es für Kinder war, über die Kiesbank in den Fluß selbst zu klettern. Vielleicht war meine Vorsicht übertrieben, aber der Sohn einer der Cousinen von Mrs. Brewer, ein recht guter Schwimmer, wurde vom Gezeitenwechsel überrascht und schließlich völlig entstellt aufgefischt, nur noch die BOBBERS-Tätowierung auf seiner Brust war zu erkennen – die Bobbers sind ein hiesiger Fußballklub, und er war ein leidenschaftlicher Anhänger von ihnen.

Ich habe mir nie viel aus Taschenkrebsen gemacht, das ist schade, weil sie so billig sind. Im allgemeinen lebten Antoinette und ich fast nur von vegetarischer Kost. Es war eine ziemlich einförmige Ernährung, weil Antoinette gegen jede Änderung eine große Abneigung hatte; sie lehnte sogar Sago- anstatt Reispudding ab (Geleespeisen machten ihr, wie ich schon sagte, jedesmal angst, vielleicht weil deren Zittern den Anschein erweckte, als seien sie lebendig?) und sträubte sich gegen Schokolade anstelle von Kakao: als ob sie instinktiv den schmalen Pfad kannte, den sie gehen mußte, um im Gleichgewicht zu bleiben. Daher wollte sie zum Frühstück nie etwas anderes als ein gekochtes Ei, zum Mittagessen Hühnchen und Salat oder, als die Tage kühler wurden, Hühnerbrühe und zum Abendessen Honig und Brot. Weil ich mir nicht die Mühe machen konnte, für mich extra zu kochen, ergab das, wie gesagt, eine gewisse Einförmigkeit, aber zum Glück verstehe ich mich aufs Essen nicht besser als auf Wein.

Was Antoinette im Haus am liebsten hatte, war ein riesiger alter, lederüberzogener Überseekoffer, einst Eigentum meines Onkels James beim Indischen Verwaltungsdienst. Ich wäre allein wohl kaum auf den Gedanken gekommen, daß es die dick aufgetragenen Farben seiner exotischen Aufkleber waren, die sie anzogen – Delhi, Simla, Ootacamund. Sie konnte sie zwar nicht lesen, aber ich glaube, sie hielt den Koffer für so etwas wie ein großes gutes Tier, still wie sie selbst, eine Art Elefant vielleicht. Sie kletterte gern hinein und kuschelte sich in ihm zusammen. Ich ließ vorsichtshalber die Scharniere des großen gewölbten Deckels abnehmen, und Antoinette benutzte ihn danach, um sich darin über den Fußboden zu stoßen wie in einem Weidenboot, und wir stellten ihn zu ihrem bequemen Gebrauch in die Fensternische hinter meinem Toilettentisch.

2

Als die ersten Bomben fielen, vergrößerte sich unsere kleine Gemeinschaft, weil einige ältere Leute, die in Suffolk geboren waren, zur heimatlichen Scholle zurückkehrten. Ein paar fanden bei Verwandten Unterkunft, andere mieteten sich ein kleines Haus. Das »Woolmers« konnte sich mit einem wirklich prominenten Dauergast in Gestalt eines pensionierten Admirals brüsten, Sir David Thorpe, und ich erinnere mich noch, wie sein Sohn und seine Schwiegertochter ihn dort absetzten und dann mit einem wahren Marine-Tempo davonbrausten. Die junge Mrs. Thorpe fand aber dennoch Zeit zu erklären, daß er ihrer Meinung nach am Meer viel glücklicher war. Ich habe ja schon gesagt, daß wir nur an einer Flußmündung liegen, aber ich nahm ihr die Bemerkung nicht weiter übel. Was für ein Experte Sir David in Marineangelegenheiten auch sein mochte, er war ansonsten ein schrecklicher alter Langweiler. Allerdings sah er immer noch gut aus – er hatte etwas vom traditionellen Adlernasentyp –, und zweifellos machte er im Speisesaal des »Woolmers« einen ebenso guten Eindruck wie sein Name im Gästebuch. Mrs. Brewers Nichte Jessie, die dort Zimmermädchen war, lobte überdies an ihm, daß er sehr großzügig mit dem Trinkgeld umging.
So war unsere kleine Gemeinschaft größer geworden,

und das nicht allein dank des Zuzugs der Älteren: Mehrere schwangere junge Frauen, deren Ehemänner im Felde waren, kamen, um bei uns zu nisten, verschwanden für eine Woche in der Frauenklinik in Ipswich und kamen dann zurück, einen Kinderwagen vor sich herschiebend. Ich kann gar nicht sagen, wie sehr ich den Mut und den Charme dieser jungen Frauen bewunderte. Wenn ich dagegen an meine Mutter denke: Sie hat nur zu oft daran erinnert, daß sie, nachdem mein mageres Ich von sechseinhalb Pfund geboren war, einen Monat lang auf dem Rücken liegen und aus einer Schnabeltasse gefüttert werden mußte.

Es fand sich auch eine Schwiegertochter der Cockers mit ihren Kindern ein. Ihr Mann war Oberst, aber nicht an der Front, sondern im Kriegsministerium, und diesem Umstand ist es wahrscheinlich zuzuschreiben, daß ihre Versuche, unsere jungen Frauen zu bemuttern, fehlschlugen. Die Atmosphäre in East Anglia ist jedenfalls sehr demokratisch und freiheitlich. Bei näherer Bekanntschaft gewann sie jedoch, und ihre drei Kinder nahmen alle Reitunterricht, was für Honoria Packett ein Segen war und zufällig auch für Antoinette.

Der Mittelpunkt von Antoinettes eigener kleiner Welt war noch immer mein Garten, sie zeigte ein unerschöpfliches Interesse für ihn. Sie schien nun auch fähig, eine halbe Stunde lang über eine Brennessel oder einen abgebrochenen Zweig nachzudenken, und noch vor einer Weile hatte sie sich überhaupt nicht konzentrieren können. Es gab nichts in der Natur, das ihr nicht der Beachtung wert war und an dem sie kein Vergnügen fand. Ich muß gestehen, diese Eigenschaft verwirrte mich manchmal etwas, sosehr ich sie im allgemeinen auch zu schätzen wußte, zum Beispiel, als sie einmal aus einem Stück Zeitungspapier die unförmige, bläulichgrüne und rotschlierige Gallertmasse eines Ochsenauges auswickelte und es mir zum Bewundern hinhielt – ein Geschenk Kevins. Aber warum sollte ich Ekel empfinden, wenn Antoinette es offenbar nicht tat? Für sie war es vielleicht genauso schön wie für uns ein Sonnenuntergang von Turner. Ich gab mir alle Mühe, es so zu sehen, aber dazu reichte meine Vorstellungskraft doch nicht aus, und unter dem Vorwand, daß es verderben würde, konnte ich sie veranlassen, es unverzüglich unter den Artischocken zu begraben. Und hinterhältigerweise sprach ich auch ein Wörtchen mit dem Metzger; trotzdem ergaben sich noch manchmal Situationen, in denen Antoinette den kräftigeren Magen hatte. Ihr wurde wirklich fast gar nicht mehr schlecht. Sie erbrach sich nur, wenn sie Angst hatte, und zur Beunruhigung gab es wenig Grund – ich war stets sorgfältig darauf bedacht, sie leise und langsam anzureden, und Mrs. Brewer hatte gelernt, es ebenso zu tun. Ich hielt noch immer in meiner Einkaufstasche, unter den Sofakissen und sonstwo einen Vorrat an Papierservietten griffbereit, aber ich benötigte sie immer seltener, während Antoinette sich langsam, aber sicher aus einem kleinen Tier in ein kleines Kind verwandelte.

Sie lernte, ihre Mahlzeiten ohne großes Kleckern zu essen, ein Ei zu halten, ohne es fallen zu lassen, und wenn man ihr eine Tasse auf einer Untertasse zu tragen gab, ging sie damit auch schon recht sicher um. Und sie gewöhnte sich an etwas mehr Reinlichkeit. Die meisten Kinder haben Spaß daran, im Bad herumzuplanschen,

aber Antoinette war zunächst nur durch höhere Gewalt ins Badezimmer zu bringen, so, als ob die gesammelten Gerüche von Frosch, Hundedreck und der alten Mrs. Bragg für sie eine Art Schutzwall gegen eine noch immer fremde und möglicherweise feindliche Welt bilden würden. Aber nach ein paar Monaten ließ sie sich auch das Baden gefallen, weil es etwas war, das jeden Tag geschah. Alles, was sich jeden Tag wiederholte, wurde mit der Zeit vertraut und deshalb annehmbar für Antoinette – und ich muß gestehen, es war eine große Erleichterung für mich, als sie nicht mehr so stank, – ich habe eine ziemlich empfindliche Nase.
Auch Mrs. Brewer wußte diese Änderung zu schätzen. »So sauber wie ein Christenmensch!« erklärte sie beifällig, womit wir beim Thema Religion wären: Ich als Pfarrerstochter hätte schon früher darauf kommen sollen. Mrs. Gibson fand mich darin zweifellos sehr nachlässig. Sie versprach mir mehr als einmal, Antoinette im Kindergottesdienst bestimmt keine Fragen zu stellen. Ich lehnte das freundliche Anerbieten trotzdem ab, weil mein Kind einfach unfähig war, länger als fünf Minuten in einem Raum stillzusitzen. Ich lehrte sie das Vaterunser – das heißt, ich sagte es ihr jeden Abend vor, wenn ich sie ins Bett gebracht hatte, und Antoinette fiel nach meinem »Amen« mit ihren »Maden« ein. Die Silben haben eine deutliche Ähnlichkeit. »Amen«, sagte ich, »Maden«, sagte Antoinette, wohl nur aus Zuneigung zu mir, wie ich gelegentlich befürchtete.

3

Am Tage bevor sie nach London reiste, kam Dr. Alice noch einmal und ließ fast humorig ihr Stethoskop über mich wandern. Zwischen tiefen Atemzügen –
»Und Antoinette?« fragte ich und sah ihr in die Augen.
»Die normale Behandlung«, sagte Dr. Alice sanft.
In diesem Augenblick – fast genau wie vor einem Jahr – kam Antoinette herein. Nur tappte sie nicht mehr so schwerfällig herum. Sie gesellte sich zu uns, und zwar mit voller Absicht, auf Dr. Alices freundliches »Guten Tag« antwortete sie mit einem gleichermaßen freundlichen »Terrine«. Ich gebe zu, ich hatte im stillen gehofft, sie würde dem ein »Maden« hinzufügen, aber auch »Terrine« war schon ein Fortschritt gegenüber einem Brechanfall, und ich war froh, daß Dr. Alice es gehört hatte.
»Sie kommt doch voran, nicht wahr?« fragte ich.
»Ja«, sagte Dr. Alice.
Ich schenkte ihr den Abschiedsschluck aus einer Sherryflasche vom Lebensmittelhändler ein. Nie werde ich es mir verzeihen, so töricht es auch klingen mag, daß ich nicht den letzten Pedro Domecq meines Vaters geöffnet habe.

5

Wir waren nun der unbezahlten Fürsorge eines älteren Arztes unterstellt, der sich eigentlich zum Angeln nach Walberswick zurückgezogen hatte und dessen Rückkehr in die Praxis aus seiner Sicht ein nicht geringer Beitrag zu den Kriegsleistungen war. Zum Glück waren wir eine sehr gesunde Gemeinde mit einem guten Apotheker und einem ganzen Schatz an Hausrezepten, wenn es darum ging, eine Erkältung durch gutes Essen und Fieber durch Fasten zu vertreiben.
Ich sah den alten Knaben in der Tat nur ein einziges Mal, bei der Beerdigung eines seiner Patienten, der zufällig mein Vetter war.
Antoinette hatte die Masern, als alle anderen Kinder sie auch hatten, blieb vierzehn Tage im Bett wie alle anderen Kinder auch und wurde genau wie alle anderen wieder gesund.
Zumindest an ihrem körperlichen Gedeihen gab es keinen Zweifel. Das Kinderbett wurde in ein paar Jahren zu klein für sie. (Der Frauenverein hatte Ersatz angeboten, aber Antoinette hing so sehr an ihrem Bettchen und ihr Kummer war so groß, als es abgebaut werden sollte, daß ich einfach den unteren Teil herunterklappte und mit Hilfe eines ordentlich gepolsterten Klavierschemels eine Verlängerung baute.) In den großen Koffer paßte sie auch bloß noch so knapp wie ein Apfel in den Schlafrock, und sie konnte darin nur in eine Decke gewickelt sitzen. Sie schob sich so kräftig in ihrem Lederboot, dem Kofferdeckel, herum, daß Mrs. Brewer öfters bemerkte, wir könnten ebensogut den Schornsteinfeger da haben. Ich habe nie versucht, Mrs. Brewers Äußerun-

gen zu enträtseln, sie waren sozusagen verschlüsselt in ihrem Bezug auf eine alte, aber ungeordnete Erfahrung.
Ich kann nicht sagen, daß Antoinette hübscher oder ausdrucksvoller wurde. Ihr stilles rundes Gesicht kannte eigentlich nur zwei Ausdrucksmöglichkeiten: den einer milden, katzenhaften Zufriedenheit, wenn sie glücklich war, oder wenn man sie darin störte, den finsteren Groll eines Löwenbabys. Als Sprache diente ihr im wesentlichen Schnurren oder Knurren. Deshalb hielt ich es für sehr ermutigend, als sie »Terrine« zu mir sagte.
Es war der langwierige Prozeß, ein kleines Tier zur Menschheit hinüberzuziehen. Zum Glück ist Geduld meine Stärke, und es war herzerfrischend, wenn sich hin und wieder, nach Wochen und Monaten ohne den geringsten sichtbaren Fortschritt, ein plötzlicher Erfolg einstellte, so wie wenn eine Pflanze, die man fast aufgegeben hat, ein Blatt treibt. Ich glaube, jedem außer mir wären diese kleinen Fortschritte winzig vorgekommen: zum Beispiel, daß Antoinette am Ende des Vaterunsers von selbst ihr »Maden« sagte, ehe sie durch mein »Amen« dazu aufgefordert war, oder daß sie, in der Küche mit einem Korbvoll Erbsen allein gelassen, ganz von selbst anfing, sie auszuhülsen. Auf einem Gebiet aber mußte ich einen totalen Mißerfolg einstecken. Mir ist es vor allem wichtig, einem Kind die Liebe zum Leben beizubringen, die man nicht um alle Schätze Indiens aufgeben kann, wie Lord Macauly so richtig bemerkte, und die mit dem Abc beginnen muß. Antoinettes Geist jedoch schien jedem musischen Empfinden verschlossen.
Als sie fünf Jahre alt wurde, hatte ich ihr einen Satz Buchstabenwürfel gekauft: sie benutzte sie hauptsächlich

dazu, Igelnester anzulegen. Unter den Artischocken entdeckte ich A bis L ordentlich und einladend nach Art einer Wagenburg aufgebaut und auf der oberen Terrasse M bis Z, ähnlich gruppiert. Ich habe Antoinette nie bei diesen Verrichtungen beobachten können; verstohlen wie ein kleines Tier ging sie dabei zu Werke.
Manchmal war sie auch gerissen wie ein kleines Tier. Sie entdeckte alle möglichen Wege, beispielsweise um wieder ins Haus zu kommen, nachdem ich die Wohnzimmertüren hinter uns geschlossen hatte: den normalen Weg durch die Vorder- und Hintertür, aber auch einen durch die Luke zu meinem seit langem unbenutzten Kohlenkeller, von wo sie plötzlich wie ein fröhlicher Maulwurf in der Küche auftauchte, um mich zu überraschen. Und nur zu gern förderte ich diese Variante des Versteckspiels, weil mir sehr daran gelegen war (beinahe so sehr wie am Lesenlernen), daß Antoinette Spiele lernte. Besonders mit anderen Kindern. Das Spiel mit Altersgenossen ist für ein Kind die natürliche Einübung in soziales Verhalten, es lernt, sich an Regeln zu halten. Unsere Dorfkinder hätten Antoinette bereitwillig akzeptiert – wenn auch leicht von oben herab, weil sie einfältig war –, ein Hinderungsgrund war nur Antoinettes heftige Abneigung gegen jede Art von Wildheit. Und Wildheit ist in Kinderspielen nun einmal inbegriffen, von »Wer fürchtet sich vorm schwarzen Mann« bis zu »Räuber und Gendarm«. Selbst »Ringelreihen« mit seinem »machen wir alle husch-husch-husch« erschreckte Antoinette. Doch ich hielt es für wichtig, daß sie wenigstens unter anderen Kindern war, und Reitstunden schienen mir geradezu eine Eingebung zu sein.

2

Bevor sie begannen, gab es noch einen anderen wichtigen Erfolg zu verbuchen. Eines Morgens, als ich von meiner Einkaufsrunde nach Hause kam, sah ich zu meiner Überraschung Antoinette, der bisher jedes fremde Gesicht Angst eingeflößt hatte, friedlich im Garten bei einer völlig Unbekannten kauern.
Mrs. Brewer fing mich an der Gartentür ab und erklärte mir, daß es eine Miss Guthrie sei, »das war es, weshalb«. (Ich bin an Mrs. Brewers Art, im Telegrammstil zu sprechen, gewöhnt: das war, warum der jungen Dame erlaubt worden war, hier auf mich zu warten.) Natürlich hatte Antoinette nicht der Familienname imponiert. Ich freute mich herzlich darüber, daß sie von sich aus und sogar während meiner Abwesenheit eine Fremde nicht als bedrohlich akzeptiert hatte ...
Janet Guthrie war mir nicht völlig unbekannt. Sie war die junge Frau, neben der ich bei Tams Begräbnis gesessen hatte, ich erkannte sie sofort. Sie verbrachte ihre Ferien in Suffolk, war zu Fuß unterwegs mit einem Rucksack und sammelte Abdrücke von Grabplatten. Das wunderte mich gar nicht, offenbar waren alle Guthries – wie die Schotten überhaupt – bildungswütig; selbst die Ferien mußten unter kulturellem Gesichtspunkt stehen. Als ich sie deshalb vor unserer Kirche warnte, die überhaupt keine Grabplatten von Belang besitze, sagte sie zu meiner großen Freude, sie wisse das, aber sie habe mich besuchen wollen.
»Ich hatte mich nach der Beerdigung nach Ihnen umgeschaut«, sagte ich, »aber Sie waren verschwunden.«

»Ich sah Sie mit Rab Guthrie reden«, sagte Janet, »sie gehören zu den reichen Guthries, wie Tam, wir gehören zu den armen.«
Weil sie das als ausreichende und vollständige Erklärung anzusehen schien, ließ ich es dabei bewenden – doch welch ein vertracktes Sippengefühl enthüllten ihre Worte! Aus ihrem Ton hätte man schließen können, sie hätten bei Flodden auf der Gegenseite gekämpft. Ich erinnerte mich auch, daß eine Janet Guthrie in Tams Testament keine Erwähnung gefunden hatte, immerhin hatte er ihr das Veterinärstudium finanziert, deshalb war sie ja zur Beerdigung gekommen ...
Während dieser ganzen Zeit saß Antoinette vergnügt und ruhig oben auf dem Rucksack und bohrte ihre Fersen hinein. Da sie und unser Gast Blutsverwandte, wenn auch weitläufige, waren, erklärte ich Miss Guthrie, daß Antoinette die Tochter von Rab und Cecilia sei und wie es dazu gekommen war, daß sie bei mir in Suffolk lebte.
»Ich hoffe, sie ist nicht meinetwegen verschüchtert«, sagte Janet, »bisher hat sie noch kein Wort gesagt.«
Als ob sie nun auch ihr Teil dazugeben müsse, erklärte Antoinette: »Maden, Terrine.«
»Sie haben soeben ihr ganzes Vokabular gehört«, gestand ich. Janet nahm dies gelassen hin, und ich fragte mich, ob sie vielleicht ein Kind wie Antoinette kannte. Jedenfalls sagte sie nichts davon und ließ die Angelegenheit mit einer Wohlerzogenheit, die mir gefiel, auf sich beruhen.
Bei Tisch – ich behielt sie natürlich zum Mittagessen da – hatten wir eine höchst interessante Unterhaltung über

ihre Arbeit als Tierärztin und über das Häuschen, das sie entdeckt hatte. Sie lebte dort genau so ungestört wie ich in meinem, wenn nicht sogar noch abgeschiedener, denn ihre Praxis lag in der Einöde von Caithness. Dort mußte man seine Neuigkeiten den Bienen erzählen, um seine Zunge in Übung zu halten, sagte Janet. Aber es ging ihr offensichtlich gut dort. Es war zwar verhältnismäßig leicht gewesen, sich dort niederzulassen, weil so viele Männer von daheim fort waren, aber am Anfang hatte es einige Vorurteile gegen sie als Frau gegeben. »Ich habe es überwunden«, sagte Janet fröhlich. »Es hat ungefähr ein Jahr gedauert, aber ich habe es überwunden!« – und nun fühlte sie sich ganz fest im Sattel.
Ich fand Janet Guthrie sehr nett und forderte sie auf, mich unbedingt wieder zu besuchen und bei mir zu essen, wann immer sie nach Suffolk käme. Da zog sie ihre sandfarbenen Augenbrauen hoch und grinste.
»Um ehrlich zu sein, an Essen hatte ich vor allem gedacht.«
Ich nahm es ihr nicht übel, obwohl oder weil sie den besten Teil des gesottenen Hühnervogels verputzte. – Es tat mir leid, als sie ging. Vor allem rechnete ich ihr hoch an, wie sie sich bei der Sache mit dem Rucksack verhielt. Wir hatten ihn im Garten gelassen. Antoinette durfte schon vor dem Kaffee hinauslaufen, während Janet und ich noch ein wenig weiterplauderten. Sie hatte alles aus dem Rucksack geräumt und war selbst hineingestiegen. Janet Guthrie zog sie freundlich, aber bestimmt (so wie sie mit einem jungen Tier umgegangen wäre) am Schlafittchen heraus und packte dann geduldig einen Schlafanzug, drei oder vier Paar Socken, ein Lehrbuch über

die »Krankheiten des Rindviehs«, einen Kulturbeutel, einen leichten Regenmantel, einen Schreibblock und einen Sanitätskasten wieder ein.
Es tat mir wirklich leid, sie weggehen zu sehen und noch mehr, daß sie nicht wiederkam. Aber ich wollte von Antoinettes Reitstunden berichten.

3

Unser hiesiger Reitstall gehört Honoria Packett, aber von ihr soll hier nicht weiter die Rede sein. Ich konnte pferdebesessene Frauen noch nie leiden, und Honoria ist zudem auch noch derb-spaßig – ihr lautes Ho-ho! gleicht nur allzusehr einem Trompetenstoß. Aber ihre Reitschule führte sie tadellos. Wegen der Kriegsbeschränkungen mußte sie sich allerdings mit einer Schar Kinderponys begnügen, doch die sahen zutrauenerweckend stämmig und wohlgehalten aus. Ein Vorteil war auch, daß sie keine Mietpferde an Erwachsene auslieh, so konnte sie selbst jedes Kind zu Hause abholen und es in ruhigem Schritt hinaus zum Moor oder in die offene Heide reiten lassen. Sie kam jeden Dienstag und Freitag, um Antoinette zusammen mit den drei Cocker-Kindern abzuholen. Nie werde ich den Anblick vergessen, wie Antoinette zum ersten Mal auf dem Ponyrücken saß. Es war ein Shetlandpony, das Reitpferd für ganz kleine Kinder. Zunächst waren ihr Entzücken und ihre Zärtlichkeit so groß, daß sie das Pony mit ihrer Umarmung fast erdrosselte, und weil ein Pony größer ist als ein Frosch, umschlang sie es nur um so fester. Honoria machte sie los, einigermaßen sanft, wie ich zugeben muß, hob sie in den Sattel, steckte ihre Füße in die Steigbügel und führte sie am Zügel. Das ging so gemächlich, daß ich bis hinter die Kirche und noch oben auf der Heide leicht mit ihnen Schritt halten konnte.

Die Cocker-Kinder waren älter als Antoinette und auch erfahrener. »Und nun im Trab!« bestimmte Honoria. Und hopp-hopp bildeten die drei im Trab einen weiten, ihnen offenbar wohlbekannten Kreis. Sie ritten nicht dicht hintereinander auf, sondern hielten ordentlich Abstand. So konnte Honoria jedes Kind genau darauf hin beobachten, ob es den Rücken gerade und die Fersen nach innen hielt. Anscheinend fanden sie ihre Billigung, denn nach zehn Minuten rief Honoria: »Und nun im Galopp!«

Der Wechsel im Rhythmus war wie der von einer Gigue zu einem Walzer, und er gelang sehr gut, wenigstens für mein wenig fachmännisches Auge. Aber keineswegs für Honoria. »John, Mustard fällt aus dem Tritt!« rief sie dem jüngsten der Cocker-Kinder zu. »Nimm die Zügel fester und fang noch mal an!« Aber leider griff John so hastig in die Zügel, daß er einen Steigbügel verlor, und weil seine Geschwister ihm – ostentativ und mit einiger Verachtung – Platz machten, ließ Honoria unwillkürlich Antoinettes Zügel los, um zu ihm zu traben.

Daraufhin beschloß Antoinette oder vielmehr ihr Pony, gleichfalls in Galopp zu fallen. Als wäre es ihm nach dem langen Gehen im Schritt und dem Stillstehen zu langweilig geworden, reihte sich das Pferdchen mit Antoinette auf seinem Rücken hinter den beiden älteren Cockers ein und galoppierte hinterdrein.

Antoinette fiel zumindest nicht herunter. Sie hing zwar

zunächst nur an seiner Mähne, aber in der zweiten Runde hielt sie sich fest im Sattel und suchte mit den Füßen nach den Steigbügeln. »Alle Mann halt!« rief Honoria, sprang vom Pferd und eilte zu Antoinette, um deren Zügel wieder einzufangen und sie zurückzuführen. »Es tut mir furchtbar leid«, keuchte sie, sobald sie bei mir war. »Es hätte nicht passieren dürfen, und ich werde aufpassen, daß es nicht wieder geschieht. Aber Mumm hat Ihr Dummchen bestimmt!« wieherte Honoria. Ich fand sie schon immer etwas beleidigend.
Antoinettes Reitstunden waren dennoch ein Erfolg. Erstens hatte sie Spaß daran, und zweitens entwickelten sich endlich normale Beziehungen zu anderen Kindern. Natürlich blieben das recht oberflächliche Beziehungen, die kleinen Cockers sagten weiter nichts als »Hallo« zu ihr, aber nach der vierten oder fünften Stunde gab Antoinette das »Hallo« zurück.
Ich hielt das für eine wesentliche Bereicherung ihres Wortschatzes. Das Shetlandpony hieß »Pfeffer«, und Antoinette lernte auch das. Jetzt waren es vier Worte, die sie deutlich aussprechen konnte: Maden, Terrine, Pfeffer und Hallo.
Und ganz unvermutet, Monate nach Janet Guthries Besuch, überraschte sie mich mit der weit schwierigeren Vokabel »Rucksack«, so waren es also fünf Worte. Ich fügte sie zusammen und bildete einen richtigen Satz für sie: »Hallo, in meinem Rucksack habe ich Maden, Pfeffer und eine Terrine.« Antoinette lernte ihn und wiederholte ihn mit einem sichtlichen Vergnügen, so wie ich es empfunden haben würde, wenn ich einen Schlußchorus des Euripides hätte rezitieren können – was ich immer

noch nicht fertigbrachte. Es war mir keiner der Texte aus dem Bücherschrank meines Vaters von großem Nutzen gewesen, weil sie eine gründliche Kenntnis des Griechischen voraussetzten. Mir fiel schon schwer, die Seiten mit dem Schlußgesang des Euripides überhaupt herauszufinden. Aber als ich das nächste Mal in Ipswich war, entdeckte ich ein bescheidenes Lehrbuch für Anfänger, und ich begann mit dem Alpha-Beta von vorne.

Daß die Cocker-Kinder Antoinette zwar akzeptierten und duldeten, ihr aber weiter keine Beachtung schenkten, war ein großer Vorteil. Wie ich schon sagte, brauchte alles Neue bei Antoinette seine Zeit. Es gab deshalb überhaupt keinen Grund, daß sich die junge Mrs. Cocker bei mir entschuldigte, nur weil sie Antoinette nicht zu den Geburtstagsgesellschaften einlud.

Es war noch immer ein Zeichen von Antoinettes Andersartigkeit, daß sie keinerlei Vorstellung von einem Geburtstag hatte. Den meisten Kindern ist ihr Geburtstag so wichtig, daß die erste Frage fast immer lautet: Wie alt bist du? Antoinette war nun sechs Jahre alt, aber sie wußte nichts davon, und auch ich hätte die Zahl fast vergessen, wenn nicht jedes Jahr die Geburtstagsgeschenke aus New York gekommen wären – und die wiederum wegen des Krieges oft um Monate später.

4

Cecilia schickte regelmäßig Briefe, in denen sie schilderte, wieviel sie mit der Aktion »Pakete für England« zu tun hatte (sie organisierte Konzerte und Bälle), und die immer mit ein paar Zeilen für Antoinette endeten,

etwa so: »Mein Schatz, Mama vermißt Dich so sehr, sie denkt immer an Dich.« Diese Botschaften brachten mich etwas in Verlegenheit, denn Antoinette würde nichts davon begriffen haben, wenn ich es ihr vorgelesen hätte – selbst lesen konnte sie ja nicht –, weil sie keine Vorstellung von einer Mutter hatte. Ich war kein Eindringling: Antoinettes Verhältnis zu mir glich im wesentlichen, so glaube ich und war es zufrieden, dem eines kleinen Kaninchens zu einer Salatpflanze, ich war Nahrungsquelle, Schutz- und Zufluchtsort. Zum Schluß unterschlug ich die Briefe einfach.
Aber schon bald saß ich noch ärger in der Klemme. »Ist es nicht an der Zeit, daß Tony mir mal einen Brief schreibt?« beschwerte sich Cecilia. »Sag ihr, sie soll artig sein und fleißig in die Bücher schauen, damit sie ihrer Mama schreiben kann!«
Antoinette konnte weder schreiben noch lesen, aber wie sollte man das in einem Brief erklären, es betraf schließlich das Grundproblem des Kindes. Da sie nicht hier war und nicht zusehen konnte, wie ihr Kind sichtbar gedieh, würde Cecilia in schrecklichen (und wie ich meinte unnötigen) Kummer geraten. Sie hätte sich vielleicht eine kleine Idiotin vorgestellt. Und so half ich mir schließlich mit einer Ausflucht. Ich legte Antoinettes Finger um einen Bleistift und führte sie so, daß sie in Großbuchstaben schrieb: LIEBE MAMA. ICH HOFFE ES GEHT DIR GUT. VIELE GRÜSSE UND KÜSSE.
Ich hatte eigentlich vor, sie mit *Antoinette* unterschreiben zu lassen, aber sie hatte schon bald keine Lust mehr zu diesem Spiel, das so kurzweilig begonnen hatte, und versuchte schon beim GUT zu entwischen. Cecilia schien

damit jedoch zufriedengestellt, sie kam nicht mehr darauf zurück.

Antoinettes Vater schrieb ihr nie. Er hatte wohl noch mehr zu tun als Cecilia, und ich konnte mir denken, daß er besser wußte, wie vergeblich es war. Ich nahm es ihm nicht übel. Mit Mr. Hancock und Dr. Alice hatte er die besten Sachwalter eingesetzt, die über Wohl und Wehe seiner Tochter unter meinem Dach wachten. Er konnte nicht wissen, daß Dr. Alice inzwischen nach London abgereist war – von wo sie nicht mehr zurückkehrte. Sie kam bei einem der letzten Bombenangriffe ums Leben.

Auch Rab Guthrie starb während des Krieges. Im Sommer 1944 hatte Cecilia Ernsteres zu berichten als sonst von einigen unverkauften Konzertkarten für ihre Hilfsaktion: sie war Witwe. Ihr armer Liebling Rab hatte sich buchstäblich zu Tode gearbeitet. Ich glaubte das gern, ich hatte Rab immer für einen Schwerarbeiter gehalten und hatte außerdem gesehen, welche Belastung der Krieg schon für einen einfachen Stallknecht sein konnte, wieviel mehr dann für einen wichtigen Mann der Chemieindustrie. In gewisser Hinsicht trauerte ich sogar um ihn, vor allem tat mir leid für ihn, daß er seine Tochter nie auf einem Pony gesehen hatte. Der Verlust traf Cecilia entsetzlich, und sie schrieb mir, daß sie sich mehr denn je und mit ganzem Herzen in die Aktion »Pakete für England« stürzen müsse, um keinen Nervenzusammenbruch zu bekommen; das natürlich nur so lange, bis der Krieg zu Ende wäre und sie endlich den einzigen wirklichen Trost darin finden könne, zurückzukommen und Antoinette abzuholen.

Es würde zwar schwierig sein, sofort einen Platz in einer Maschine zu buchen, aber sie hatte immerhin einige nützliche Beziehungen.
Während ich den Brief mit der traurigen Nachricht las, überkam mich bei dem Wort »abholen« ein Gefühl des Unbehagens: man holt ein Paket ab oder sonst irgendeinen Gegenstand, aber nicht ein Kind. Vielleicht war ich allzu empfindlich. Dagegen fand Cecilias Postskriptum »Es ist vielleicht nicht nötig, Tony etwas davon zu sagen« meine volle Zustimmung. Antoinette hatte keine Vorstellung von einer Mutter, von einem Vater auch nicht, und Trauern lernt sich früh genug.
So behielt ich die Neuigkeit für mich.
In dieser Zeit erfreuten wir uns wieder einer ungewöhnlich langen Schönwetterperiode. Antoinette wurde braun wie eine Kaffeebohne, weil wir Tag für Tag im Garten verbrachten. Das Sonnenwetter schien Extrazugeständnisse geradezu herauszufordern, es gab zum Beispiel Erdbeeren außer der Reihe, oder wir blieben abends länger auf, um dem Mondaufgang zuzuschauen. Selbst Mrs. Brewer ließ sich anstecken: Ich erinnere mich, wie sie mir an einem späten Vormittag, als ich draußen saß, strickte und dabei Antoinette zusah, aus eigenem Antrieb ein Glas Sherry brachte – sie, die nie zuvor die Karaffe angerührt hatte.
»Nehmen Sie nur, Sie haben es verdient, nicht wahr«, sagte Mrs. Brewer – warum, weiß ich nicht, aber ich glaube, weil das Wetter so schön war. Selbst der alte Feigenbaum beim »Woolmers« brachte drei von seinen sieben Früchten zur Reife, eine aß der Admiral (der immer früh auf den Beinen war) und Jessie (die zwangs-

läufig noch früher auf war) die beiden anderen. Das berichtete Mrs. Brewer, und sie fügte hinzu, sie hätte selbst gern eine Feige abbekommen, Feigen seien für sie schon immer etwas besonders Feines gewesen – was mich irgendwie das Glas Sherry noch höher schätzen ließ.
Ich nippte nur, um lange etwas davon zu haben; es war ein großer Genuß, wie ich gestehen muß. Nie hatte ich meinen Garten schöner gesehen mit seinem Alyssum und seinen Löwenmäulchen, und auch die Artischocken waren nie prächtiger gewesen: es war der Zeitpunkt, zu dem die riesigen kobaltblauen Distelköpfe ihr tiefstes Blau erreicht hatten – obwohl es bei Pflanzen eigentlich einen »Zeitpunkt« nicht gibt. Eine Artischocke blüht und verblüht nicht in einem einzigen Aufflammen. Sie würde noch in ein oder zwei Wochen in ihrer ganzen Pracht leuchten.

5

Der Krieg ging zu Ende. Und dann war er vorbei. Auf der Heide wurden Freudenfeuer angezündet, und sie signalisierten – wenn auch ein paar Lebensmittelkarten allzu voreilig hineingeworfen wurden – dennoch den Triumph des Lichtes über die Finsternis. Ich war besonders glücklich, denn Antoinette, die aufbleiben durfte, um wenigstens den Feuerschein zu sehen (es war ein historischer Augenblick), zeigte überhaupt keine Angst, sondern wunderte sich nur und freute sich. Natürlich war sie an prächtige Sonnenuntergänge gewöhnt – »Sieh Christi Blut am Firmament« –, aber noch nie hatte sie die Heide, wo sie sonst mit ihrem Pony ritt, plötzlich und unerklärbar in Flammen gesehen.

Noch vor kurzem wäre ihr deswegen vor Schreck übel geworden. Jetzt aber schmiegte sie sich an mich, nicht aus Furcht, sondern vor Vergnügen, und ich konnte sie zu Bett bringen und auch mich selbst niederlegen in der Gewißheit eines ungestörten tiefen Schlafs.
Nach Kriegsende hatten ein paar unserer hübschen jungen Frauen das Glück, ihre Ehemänner heil und gesund willkommen zu heißen; sie zogen mit ihnen fort. Andere trafen es weniger gut; aber es gab doch keine Tränenflut, wie ich sie von 1918 im Gedächtnis hatte. Ein Ehemann, der zurückkam und bei uns blieb, war Peter Amory. Er war schwer verwundet und saß im Rollstuhl – so bedeutete es einen erneuten Triumph des Lichtes über die Finsternis, über den Krieg und alles, was lebensfeindlich ist, als seine Frau ein Kind von ihm bekam. Und ich bin sicher, daß er darum und nicht seiner Orden wegen vom Dorf als Held angesehen wurde.

6

Zwar hatte Cecilia ihre Beziehungen zu den zivilen Luftfahrtgesellschaften, aber mancher andere ungeduldige Passagier hatte sie auch. Das erste Weihnachtsfest im Frieden ging vorüber, dann der Jahreswechsel, und es wurde Frühling, bevor sie den Tag des Wiedersehens angeben konnte – und auch er stand noch nicht ganz fest. (»Wenn doch nur mein lieber Rab noch am Leben wäre!« schrieb Cecilia; sie hatte hoffentlich gemerkt, wieviel sie ihm schuldete.) Ich hielt es aber doch für meine Pflicht, Antoinette an den Gedanken zu gewöhnen, daß eine Mutter, von der sie keine Vorstellung mehr hatte, kommen und sie zurückfordern würde.

Ich zwang mich dazu, mehrere Versuche zu machen. Ich sage, ich zwang mich, weil schon der Gedanke an eine Veränderung (selbst eine Umstellung von Sago auf Reis, von Kakao auf Schokoladenpulver) sie heftig erregte. Und wirklich waren wir beide nach meinem dritten Versuch, ihr die Aussicht auf ein anderes Leben zu eröffnen, so unglücklich, daß ich die Sache feige aufgab und mich einfach auf den Glauben an die Stimme des Blutes berief, für den sich die elisabethanischen Dichter einst verbürgt hatten.

Offenbar hatte Cecilia tatsächlich allerlei Beziehungen; sehr viel früher als erwartet erfuhr ich zunächst durch ein Kabel, dann durch ein Telegramm aus London, dann mündlich vom »Woolmers« aus, daß Cecilia am nächsten Nachmittag eintreffen werde. Wie ich schon sagte, war es für Mitte April kühl, aber nicht kalt, eher regnerisch als verregnet, und die Luft hatte jenen eigentümlich herbstlichen Beigeschmack.

Teil Zwei

6

Wir bildeten ein richtiges kleines Empfangskomitee, als ihr Auto vor dem Hotel vorfuhr. Ich war selbstverständlich mit dabei, der Pfarrer und seine Frau, die zum Tee beim Admiral gewesen und ihn mit nach draußen genommen hatten, und dann noch ein paar weniger wichtige Größen, die zufällig vorbeikamen. – Jedes Kabel, jedes Telegramm ist in unserem Dorf natürlich öffentlich und für alle eine ungewöhnliche Neuigkeit, zudem hat das »Woolmers« den Vorzug (wenigstens für die Dorfbewohner), keine Auffahrt zu besitzen. Der Garten liegt nach hinten, und die Eingangstüren führen direkt auf die Straße, so daß sich Kommen und Gehen bequem überwachen lassen. Unter den interessierten Zuschauern bemerkte ich Mrs. Page, die den Mütterverein vertrat, Miss Holmes vom Frauenverein und Mrs. Cook, die den Fisch-und-Chips-Handel repräsentierte.
Für eine Schönheit ist es oft unklug, selbst nach nur wenigen Jahren der Abwesenheit dahin zurückzukehren, wo ihre Schönheit erblühte. Schöne Frauen, die viel in der Welt herumkommen, erfreuen sich immer neuer Bewunderung, wenn man den Kopf nach ihnen umdreht in Restaurants, auf Promenadendecks oder in eleganten Seebädern. Aber es kommt auch die Zeit, wo sich niemand mehr nach ihnen umdreht. Eine Schönheit aber, die zu Hause bleibt, wird dort immer als Schönheit gelten – allem Alter, allem Verfall zum Trotz. Als Cecilia zum erstenmal zurückkam, war sie vierunddreißig: Nun war sie fast vierzig, und eine solche Zeitspanne kann das Aussehen einer Frau gründlich verändern. Doch so

sehr Cecilia sich auch mit den »Paketen für England«
überanstrengt haben mochte, solcherlei Überlegungen
brauchten sie nicht zu beunruhigen: Sie hatte uns als
Schönheit verlassen, und als Schönheit kehrte sie zurück.
Ihr Haar war ein wenig dunkler geworden und hatte
nun den Glanz reifer Kastanien; ihr Teint, blasser, aber
leicht gebräunt (er verriet, daß sie über die Bermudas
hergekommen war), schimmerte nicht mehr so rosig,
sondern, noch reizvoller, honigfarben. Als sie aus dem
Auto gestiegen war und in ihrem weiten violetten Reisemantel lächelnd vor uns stand, da war sie uns allen, Mrs.
Page und Miss Holmes und Mrs. Cook und den Gibsons
und dem Admiral – es läßt sich nicht anders sagen –, eine
Augenweide...
Aber Cecilia hatte nur Augen für mich. Sie sah die anderen einfach nicht. –
»Wo ist Tony?« rief sie. »Wo ist mein kleiner Liebling?«
Ich erklärte ihr, daß ich Antoinette daheim gelassen
hatte, weil sie bei der ersten Begegnung doch sicherlich
allein sein wollten, woraufhin Cecilia mich spontan
küßte – ihre Wange duftete nach Gardenien – und mich
zum Wagen zog, um die letzten paar hundert Meter noch
zu fahren. Sowenig ich mich an Rab Guthrie als ausgesprochen wortkarg erinnert hatte, so wenig war mir
Cecilia als so überschwänglich im Gedächtnis geblieben.
Aber es war ja nur natürlich, daß sie glücklich und aufgeregt war.
Unsere Autofahrt dauerte wohl nicht länger als zwei
oder drei Minuten, aber bis zum Überfluß waren sie von
köstlichen Eindrücken erfüllt. Cecilia strahlte ein Fluidum von Luxus und Lebensfreude aus, das wir so lange

entbehrt hatten wie ein französisches Parfüm und das uns genauso erfrischte. Ein Zipfel des weichen, violetten Tweeds hatte sich über meinen Regenmantel gelegt, und ich konnte kaum widerstehen, den Stoff zu befühlen, der flauschig und nachgiebig war und zweifellos in Schottland gewebt, seit Jahren allerdings nur für den Export. Ich habe seine Farbe als violett beschrieben, aber er hatte alle Farbtöne der Heide – ein rötliches Lavendel, in den Falten purpurn. Auch heute finde ich nichts Widersinniges darin, daß ich damals ein einfaches Stück Stoff so sehr genoß. Und in jenem Augenblick (während ich den Gardenienduft einsog) stand auf einmal ein Kind vor meinen Augen, in einem Festzelt, mit großen Augen, als hätte es den Kuß einer Feenkönigin bekommen; vielleicht war es eine gute Fee, die zu Antoinette zurückkam, dachte ich.

2

Als wir das Wohnzimmer betraten, zog sich Mrs. Brewer taktvoll zurück – sie hatte Antoinette erlaubt, ihr beim Erbsenaushülsen zu helfen – oder besser: Sie machte, daß sie davonkam. (Ich wußte die Überwindung zu schätzen, die es sie gekostet haben mochte. Sie zog sich wie eine Krabbe schräg nach hinten zurück, auch ihre Augen wie die einer Krabbe, beinahe Stielaugen). Auch Cecilia bewies großes Taktgefühl. Sie stürmte nicht herein, um Antoinette an ihren Busen zu pressen. Sie stand einfach da, groß und schön, und duftete nach Gardenien, und während das Kind zu ihr hochstarrte, sagte sie nur: »Tag, mein Schatz!« Ich war es, die sich zum Narren machte.

Denn die elisabethanischen Dichter erwiesen sich als unzuverlässig. Natürlich kannte in diesem Fall die Mutter das Kind, aber das Kind Antoinette starrte sie nur an wie eine vollkommen Fremde und blieb ganz stumm. – Aber selbst wenn sie ihren einzigen vollständigen Satz gesagt hätte: »Hallo, in meinem Rucksack habe ich Pfeffer, Maden und eine Terrine!«, wäre Cecilia wohl mehr verwirrt als beeindruckt gewesen. Damals begriff ich nur das eine, daß etwas gesagt werden mußte, und so machte ich mich zum Narren.

»Sieh mal, Antoinette«, sagte ich, »da ist deine schöne Mama!« Ich schickte mich an, in Cecilia eine gute Fee zu sehen, wenn die Worte für mein Empfinden auch einen falschen Ton hatten. Antoinette wandte ihren Blick ab und sah mir gerade ins Gesicht. Nie zuvor hatte ich einen so klugen, forschenden Blick bei ihr bemerkt. Aber er war leider auch argwöhnisch. Bisher hatte ich zu Antoinette nicht ein einziges Wort gesagt, dem sie nicht voll vertrauen konnte. Und daß sie fast nie nach dem Klang der Worte, sondern nach ihrem instinktiven Gefühl geurteilt hatte, half ihr jetzt wahrscheinlich, die Unaufrichtigkeit zu entdecken. Sie sah mich an – voller Argwohn.

»Und sieh mal, was ich dir mitgebracht habe!« rief Cecilia.

Und es war in der Tat reizend, was sie aus ihrer großen krokodilledernen Tasche herausholte – eine andere, kleinere Tasche aus rosa Seide, blümchenbestickt mit einer dünnen goldenen Kette. Sie war allerliebst gemacht und bestimmt sehr teuer gewesen. Die meisten kleinen Mädchen wären darüber in Jubel ausgebrochen, Antoinette schenkte ihr keine Beachtung.

»Ich habe was, ich habe was, was gibst du mir dafür?«
lockte Cecilia.
Im allgemeinen wissen Kinder mit acht Jahren natürlich, was Pfänderspiele sind, aber für Antoinette waren sie immer noch zu kompliziert. Sie blieb stumm.
»Einen Kuß?« schlug Cecilia vor und neigte sich mit ausgestreckter Hand nach vorn, in jener Haltung, die mir so gut im Gedächtnis geblieben war. Sie hatte auch nicht eine Spur ihrer Anmut eingebüßt. Antoinette rührte sich nicht.
»Sie ist schüchtern«, erklärte Cecilia. »Hier hast du es umsonst, Liebes!«
Damit drückte sie Antoinette das Täschchen in die Hand, die sich umdrehte und damit im Garten verschwand.
Ich fand, Cecilia benahm sich fabelhaft. Mit einem Lachen und einem Schulterzucken tat sie es auf denkbar liebenswürdige Weise ab. Sie blieb auch nur ein paar Minuten, denn sie war natürlich müde. Sie hatte vor, das Zimmermädchen im »Woolmers« zu bestechen, damit es ihr das Abendbrot ans Bett bringen würde. Und ich nahm ihr das gar nicht mal übel.
»Eigentlich wollte ich mir Tony ja auf der Stelle schnappen«, sagte sie bedauernd, »das hatte ich mir geschworen! Aber vielleicht doch nicht schon heute abend, was meinst du?«
Das fand ich auch, und wir vereinbarten, daß sie Antoinette am nächsten Morgen holen sollte.
»Ich werde dir dann alles über meine wundervollen Pläne mit ihr erzählen!« fügte Cecilia heiter hinzu.
Sobald sie fort war, ging ich selbst in den Garten, aber das Kind war nirgends zu finden. Ich sah in ihren Lieb-

lingsschlupfwinkeln nach, oben im Gebüsch und unter den Artischocken, keine Antoinette. Natürlich hatte sie ihre eigenen Methoden, wieder ins Haus zu gelangen: Ich fand sie schließlich unter ihrem Bettchen.
Ihr Vertrauen in mich war rasch wiederhergestellt. Sie ließ sich von mir überreden, zurück in den Garten zu kommen, wo sie sich immer noch am wohlsten fühlte. Dort konnte sie sich hinsetzen oder umherstreifen. Ich sagte ihr alle unsere gemeinsamen Verse auf und ließ sie länger aufbleiben als gewöhnlich. Auf diese Weise bat ich Antoinette um Verzeihung; ich bin ganz sicher, daß sie es verstand, wenn sie auch ernst blieb und sich abwartend verhielt. Ich tat ihr leid, weil ich etwas Unrechtes getan hatte: Es mag absurd erscheinen, einer Einfältigen ein solches Gefühl zuzuschreiben, aber ich weiß, daß es wirklich so war und sie mir nur vergab, weil ich ihr leid tat. Als sie, wie es sich gehörte (wenn auch verspätet), in ihrem Bettchen lag, stimmte sie, genauso wie sonst, nach dem Vaterunser mit ihrem »Maden« ein. Ihr Vertrauen war wiederhergestellt, und das machte es um so schwieriger, am nächsten Morgen mit Cecilia zu reden.
Ich hoffte noch immer auf eine gute Fee. Daß Antoinette nichts als Mißtrauen gezeigt hatte, war allein meine Schuld; denn ich war vor der Pflicht, sie auf Cecilia vorzubereiten, zurückgewichen. Hatte nicht auch Cinderella im ersten Augenblick die gute Fee für eine Hexe gehalten? Aber es ist etwas anderes, ob man Mäuse in Kutschpferde verwandelt oder Psychiater aus ihnen macht.

7

»Meine Liebe, was du für mein Kind getan hast, werde ich nie wieder gutmachen können!« begann Cecilia herzlich. »Wenn sie nicht bei *dir* gewesen wäre, hätte ich über den Atlantik schwimmen müssen! Aber ich wußte immer, sie könnte nicht in besseren Händen sein, und ihr Vater wußte es auch.«
Ich sagte, daß ich mich sehr freute, das von ihr zu hören. – Wir waren unter uns. Ich hatte Antoinette erlaubt, mit Mrs. Brewer zu den Brewerschen Kaninchen zu gehen, die sie gar nicht oft genug sehen konnte. Ich wollte eine Störung des Gesprächs, dessen Wichtigkeit vorherzusagen war, vermeiden.
»Und Mr. Hancock auch«, fuhr Cecilia fort, nicht ganz taktvoll, fand ich. Es erinnerte mich daran, daß ich trotz Rab Guthries hoher Meinung schließlich überwacht worden war ...
»Aber jetzt«, sprach Cecilia weiter, sie sah nun etwas ernster aus, »müssen die Dinge anders werden. Was ihre körperliche Entwicklung angeht, sieht es ja sehr gut aus. Sie ist viel *stämmiger* geworden, und damit ist natürlich die halbe Schlacht gewonnen.«
Ich konnte mir vorstellen, daß Cecilia vergessen hatte, wie ihre Tochter einmal ausgesehen hatte. Die stillschweigende Folgerung, daß die andere Hälfte der Schlacht auch noch gewonnen werden mußte, war indes völlig richtig, und ich fühlte mich erleichtert über soviel Einsicht. Aber als sie fast beiläufig ihren Plan bekanntgab, Antoinette schnurstracks auf dem Luftwege nach New York zurückzubringen, war ich einfach entsetzt.

Eigentlich hätte ich damit rechnen müssen, aber ich war doch nicht darauf vorbereitet. Was ich damals Mr. Hancock gesagt hatte, stimmte noch immer: Antoinette war noch nie mit einem Bus gefahren. Eine Reise wie die eben angekündigte konnte katastrophale Folgen haben, wenn das Kind nicht lange vorher darauf vorbereitet und während der Reise ständig durch Vertrautes beruhigt wurde. Und die Sache wurde auch um nichts leichter, wenn ihre Mutter dabei wäre; es blieb die schmerzliche Tatsache, daß ihre Mutter immer noch eine völlig Fremde war.

Mir wurde klar, daß ich noch früher als ohnehin beabsichtigt ein offenes Gespräch mit Cecilia haben müßte. Nur, sie sprang im selben Moment auf und wünschte den Ort zu sehen, wo ihr Püppchen schlief. Immer hatte sie versucht, sich alles vorzustellen, wie sie auch jede Minute des Tages damit verbracht hatte, sich auszumalen, was Tony gerade machte. – Der Zeitunterschied zwischen England und New York beträgt, glaube ich, ungefähr fünf Stunden; deshalb muß das alles sicher nicht ganz einfach gewesen sein. – Ich sagte aber nichts dazu und zeigte Cecilia den Weg nach oben. Es war ein richtiges Vergnügen, ihrem honigfarbenen Rock aus Kaschmirwolle zu folgen! Aber ohne ihren weiten Reisemantel sah man, daß sie nicht mehr schlank, sondern sehr mager geworden war, fast eckig. Das Organisieren von Galafesten war doch anstrengender, als ich gedacht hatte.

Beim Anblick von Antoinettes Kinderbett mit der Klavierschemel-Verlängerung war sie sehr entsetzt – und ich heilfroh, daß sie es sich nie wirklich hatte vorstellen können. Ich selbst nahm dieses Arrangement schon gar nicht

mehr wahr, so sehr hatte ich mich daran gewöhnt, aber Cecilia mußte es wie der Notbehelf in einem Slum erscheinen.
»Ich hätte leicht etwas Größeres besorgen können«, beeilte ich mich zu sagen, »und das habe ich einmal auch getan, aber Antoinette hängt so an ihrem Bettchen.«
Cecilia lächelte nachsichtig.
»Das Herzchen, sie hing auch an Bridget, dem irischen Kindermädchen, das wir vor Miss Swanson hatten ...«
»Miss Swanson, die so absolut qualifiziert war?« fragte ich.
»Ja, natürlich«, sagte Cecilia, »sie hat ein Vermögen gekostet, aber sie war es wert. – Wer hat dir von ihr erzählt?«
»Du selbst«, antwortete ich, »das heißt, du hast sie erwähnt, als ich Antoinette zum ersten Mal sah.«
»Was für ein Gedächtnis!« rief Cecilia. »Laß uns wieder hinuntergehen, und bitte, mach mir einen Kaffee, ja?«
Sie war sehr nervös. Das war eine Störung unseres Gesprächs, die ich nicht miteinkalkuliert hatte. – Und während ich zufällig aus dem Fenster schaute, sah ich Antoinette und Mrs. Brewer vorzeitig nach Hause kommen. Mrs. Brewer würde das Kind bestimmt nicht hereinbringen, und ich hatte ja sowieso keine andere Wahl, also brachte ich Cecilia zurück ins Wohnzimmer.
Ich bot ihr keinen Kaffee an, sondern Sherry, und zwar aus der Flasche, die ich für Dr. Alice geöffnet hatte. Ich muß lange mit meinem Sherry auskommen! – aber mir war daran gelegen, mich bei Cecilia möglichst beliebt zu machen. Das heiße Eisen mußte angepackt werden, und ich packte es an, sobald sie sich niedergelassen hatte.

»Dir ist selbstverständlich klargeworden«, sagte ich, »daß Antoinette nicht ganz wie andere Kinder ist?«
Cecilia antwortete nicht gleich, sie nahm aus ihrem schönen goldenen Etui eine Zigarette, dann ließ sie ihr Feuerzeug aufklicken.
»Sie ist natürlich schrecklich schüchtern ...«
Ich wartete.
»Wenn du damit meinst, daß sie fast stumm sei – was überhaupt nichts mit zurückgeblieben zu tun hat –, sprachtherapeutischen Unterricht hat sie schon bei Miss Swanson bekommen. Hast du damals nicht gehört«, fügte Cecilia wahrheitsgemäß hinzu, »wie ich zu Rab sagte, wir hätten sie daheim lassen sollen? Sie hätte mittlerweile ganz normal sprechen gelernt oder mir zumindest guten Tag sagen können!«
Ich unterließ den Hinweis, daß Antoinette die Worte Hallo, Maden, Pfeffer, Rucksack und Terrine sprechen konnte. Für normales Sprechen, und das bedeutete bei Cecilia für eine konventionelle Unterhaltung, war das wenig geeignet, vielleicht mit Ausnahme von »Pfeffer« in Verbindung mit geräuchertem Lachs. »Terrine« ist ein Wort, das – mit den großen viktorianischen Familien – aus dem allgemeinen Sprachgebrauch verschwunden ist, »Rucksack« ist zu sehr auf ein bestimmtes Gebiet bezogen, und »Maden« ist völlig indiskutabel.
»Weißt du, wir alle machen Fehler«, sagte ich.
»Nicht, daß ich dir die Schuld gebe, nicht einen Augenblick«, versicherte Cecilia großzügig. »Es gehört einfach zu den Dingen, die passieren, und nun müssen wir die Scherben zusammenlesen.« Und dann kam heraus, daß Antoinette, sobald sie in New York war, nicht nur

wieder sprachtherapeutischen Unterricht, sondern wahrscheinlich auch psychiatrische Behandlung erhalten sollte. – Ich wandte mich um und sah, wie im Garten die Spitzen der Artischocken sich leicht bewegten, obwohl kein Wind ging, als krabbelte unter ihnen ein kleines Tier. Wie kann man einen Maulwurf oder einen Igel psychotherapeutisch zu einem annehmbaren menschlichen Verhalten bringen, dachte ich. Natürlich, Antoinette war kein kleines Tier, und ich wußte, alles, was sie brauchte, um ein ganzer Mensch zu werden, waren Zeit und unendliche Liebe und unendliche Geduld, aber keine jähe Veränderung. In dieser Beziehung war sie wie eine Pflanze, die man nicht aus der gewohnten Erde herausreißen darf.
Nie hatte ich Dr. Alice so vermißt wie jetzt. Ich war überzeugt, sie wäre der einzige Mensch gewesen, der Cecilia zur Vernunft gebracht hätte beziehungsweise sie gezwungen hätte, sich vernünftig zu verhalten. Sie hätte nur zu Cecilia sagen müssen: »Ich, eine approbierte Ärztin, habe Ihre Tochter seit zwei Jahren beobachtet, sie entwickelt sich so schnell, wie man es nur erhoffen konnte. Ich warne Sie vor jeder Änderung in ihrer Behandlung oder einem Wechsel ihrer Umgebung, die Folgen könnten katastrophal für sie sein.« Ich bin überzeugt, das hätte auf Cecilia Eindruck gemacht – besonders wenn ich Dr. Alice (in diesen Phantasiegesprächen) mit ihrer bündig schroffen, fast kommandierenden Stimme reden ließ, mit der sie schwangere übergewichtige Frauen oder die Gegner medizinischer Tierversuche einschüchterte. Aber hier war niemand mit genügend Autorität, um Cecilia einzuschüchtern. Der neue (alte) Doktor hatte Antoinette nie gesehen.

Was sollte ich tun? Ich schlug Cecilia wenigstens vor, zwei oder drei Wochen länger zu bleiben und dann erst wieder mit der Luftfahrtgesellschaft zu verhandeln; schließlich war sie so lange weggewesen, und jeder freute sich, sie wiederzusehen.

»Das ganz bestimmt«, sagte Cecilia, unvermutet von etwas anderem abgelenkt, mit gerunzelter Stirn. »Sie haben nämlich irgendwo auf der Reise meinen Orchideenzweig aus dem Gefrierfach verbummelt!«

Nun wußte ich plötzlich, was Cecilia am Tage vorher als einziges zu einem vollkommenen Bild gefehlt hatte. (Ich erfuhr später von Miss Holmes, daß Mrs. Cook, seit je eine Bilderstürmerin, tatsächlich ausgerufen hatte: »Was, keine Orchideen?« – aber zum Glück nicht laut genug, um gehört zu werden.)

»Und dann«, fuhr ich fort, »wenn Antoinette auch schon ganz sichtlich begeistert für dich ist« – ich war froh darüber, daß Antoinette nicht zugegen war und mich wieder mit ihren forschenden Augen ansah, aber ich tat ja nur mein bestes für uns beide –, »es wäre für jedes Kind ein sehr plötzlicher Wechsel.«

»Du meinst, sie sollte zuerst einmal zu mir kommen und eine Weile im ›Woolmers‹ bleiben?« ging Cecilia ganz vernünftig darauf ein.

»Und sie sollte ihr Bettchen in deinem Zimmer haben«, sagte ich. Besonders während der Nacht brauchte Antoinette die Beruhigung durch vertraute Dinge, und zumindest ihr Bettchen würde vertraut sein, während sie die Vertrautheit mit einer Mutter erlernt.

»Aber selbstverständlich!« rief Cecilia, sie war von dieser Idee ganz eingenommen, und dann sagte sie, wie sehr

sie sich darauf freute, Tony in ihrem Nachthemdchen ihr Gebet aufsagen zu hören. – Es war ganz offenbar nicht der geeignete Augenblick, ihr die Vergeblichkeit solcher Erwartungen zu erklären, denn Cecilia war noch nicht wie ich daran gewöhnt, »Maden« für »Amen« zu nehmen. Als ich sie dann aber daran erinnerte, wie abgespannt sie noch immer nach dem Flug sein mußte und wie sehr sie noch einmal eine ungestörte Nachtruhe brauchte, was mit einem kleinen Kind im Zimmer wohl kaum möglich war, konnte ich Antoinettes Übersiedlung ins »Woolmers« für einen weiteren Tag oder zwei verschieben. Das bedeutete für Cecilia, daß sie eine ganze Woche dableiben mußte.
»Und selbst wenn mich der alte Seebär zu Tode langweilt?« Cecilia zog eine Grimasse; sie meinte zweifellos den Admiral, der es wohl fertiggebracht hatte, sie beim ersten Frühstück über ihre getrennten Tische hinweg unbeschreiblich zu langweilen.
Dann wollte sie natürlich Antoinette sehen. Ich wußte, daß das Kind wieder zu Hause war, und war froh darüber. Mehr war nicht nötig, Cecilia sollte mich schließlich nicht für eine eifersüchtige Kuh halten.
Als wir in den Garten gingen, bereitete ich sie darauf vor, daß sich das Kind wahrscheinlich versteckt hatte – sie versteckte sich oft, und manchmal dauerte es eine ganze Weile, bis man sie gefunden hatte. »Versteckspielen, aber das ist ja prima!« rief Cecilia. »Ist es nicht genau das, was wir tun müssen: zusammen spielen, damit wir Freunde werden? – Zähl bis zehn, Tony«, rief sie liebevoll, »dann kommt Mama und sucht dich!«
Antoinette konnte nicht bis drei zählen, aber das tat

nichts zur Sache, sie wußte schon, wie man sich verbarg. Cecilias hochgespannte Erwartungen bestürzten mich allerdings tief. Nach mehreren fruchtlosen Anläufen und Ansätzen durchstöberte Cecilia das Terrain methodisch sehr gründlich, aber ihre Jagd blieb vergeblich. Wieder regten sich die Artischocken, doch diesmal, weil Cecilia sie durchkämmte und ebenso die Büsche der oberen Terrasse, wo nur eine Taube aufgescheucht wurde. Ich glaube, mit etwas mehr Geduld hätte Cecilia den Geheimpfad ins Haus durch den alten Kohlenkeller entdeckt, aber nach zehn Minuten verlor sie die Lust.
»Juhu, Schätzchen, du hast gewonnen!« rief Cecilia. »Komm jetzt raus und laß Mama sich verstecken!«
»Ich fürchte, das wird sie nicht tun«, erklärte ich, »es ist eine strenge Spielregel, daß du sie finden mußt.«
Die Behauptung, Antoinette halte sich bei irgendeinem Spiel an besondere Regeln, war für Cecilia natürlich weniger merkwürdig als für mich selbst. Cecilia lachte nur und sagte, es sei wohl besser, wenn sie jetzt zum »Woolmers« zurückginge und sich ihr Zimmer für eine weitere Woche reservieren ließe. Das war freilich überflüssig, weil das Hotel halbleer war, aber ich enthielt mich einer solchen Bemerkung.
Und Antoinette? Der war inzwischen unter den Kohlenschlacken übel geworden. Ich war besonders gerührt, weil sie zum erstenmal selbst versucht hatte, die Bescherung zu beseitigen oder vielmehr zu verbergen, indem sie noch mehr Schlacke darüberscharrte. Wir zwei waren ganz schön schmutzig und bedurften einer gründlichen Säuberung, bevor wir gemeinsam und in Frieden unser Mittagessen verzehren konnten.

2

Mrs. Brewer entschuldigte sich reumütig dafür, daß sie so früh zurückgekommen war, aber sie hatte es wegen Bobby für richtiger gehalten. Die Parrishs waren ihre nächsten Nachbarn, und Bobby, der jetzt den größten Teil seiner Zeit in Ipswich verbrachte, war in den Ferien daheim – so jedenfalls nannte es seine Mutter, als wäre es ein Internat und nicht eine Anstalt, aus der ihr unglücklicher Sohn von Zeit zu Zeit wieder auftauchte. Sie bestürmte den Doktor wie wahnsinnig, ihn doch für immer nach Hause zu entlassen, berichtete Mrs. Brewer mitfühlend, und manchmal ging es auch für ein paar Wochen gut; aber dann bekam er einen seiner schlimmen Anfälle, womöglich zwei oder drei nacheinander, und mußte zurückgeschickt werden...

»Und es sah ganz danach aus, als ob er am Gartenzaun gerade einen bekommen würde«, sagte Mrs. Brewer, »deshalb habe ich die kleine Miss weggebracht.«

Es war mir lieb, daß sie so vernünftig gehandelt hatte. Antoinette war schon verängstigt genug.

Zu sagen, Cecilia hätte sie in Angst versetzt, wäre sicher eine Übertreibung. Sie zeigte bei jedem Fremden Abneigung und Angst – Janet Guthrie war eine seltene Ausnahme gewesen. Unglücklicherweise konnte auch Cecilias Schönheit daran gar nichts ändern. Was für Antoinette schön war oder zumindest ihre Anerkennung fand, war das Groteske – Kevins Schielen, das behaarte Warzenkind der alten Mrs. Bragg. Sie glich darin einem Kunstkritiker, der, zu besessen von Brueghel, am Klassizismus Ingres' keinen Gefallen finden kann. Deshalb begünstigte das übliche *laissez-passer* der Schönheit Cecilia nicht.

8

Cecilia würde also mindestens eine Woche lang bleiben, ich empfand das als einen kleinen Sieg. Zugleich war ich recht bekümmert, denn ich hatte ihr als Köder sozusagen einen gesellschaftlichen *succès fou* versprochen und sah nun in meinem Taschenkalender, daß nicht ein einziges Fest oder auch nur eine Gartenparty in Sicht war, wo sie hätte glänzen können. In der Zeit vor Juni ist nie etwas los. Ich hatte lediglich eine Wohltätigkeitsauktion des Frauenvereins im Gemeindesaal notiert, die an einem der nächsten Tage stattfinden sollte.
Es war wirklich kaum mehr als ein Ramschverkauf, aber unser Dorf liebt die Spannung, ein paar Pfennige für eine einzelne Tasse oder einen Teller zu bieten. Das gilt natürlich besonders für unsere Rentner. Sie wollten nichts für sich selbst, sondern verschenkten alles weiter, was der menschlichen Natur gewiß zur Ehre gereicht. Ich nenne mindestens ein Dutzend angeschlagene Untertassen mein eigen, die auf diese Weise in meinen Besitz gelangt sind: Sie sind auch wirklich sehr nützlich als Untersetzer unter Blumentöpfe, nur nicht gerade nach dem Gießen. Für heiles Küchengeschirr und Metallgeräte kann man noch ein paar Shilling bekommen und für Kleider auch, solange sie noch tragbar sind. Alles andere, was vielleicht ein paar Pfund einbringt, wandert auf die richtige Auktion zum Versteigerer. So ging ich aus schlichter Neugierde am Nachmittag vorher hin und entdeckte zu meinem Erstaunen, achtlos über das Kleidergestell geworfen, etwas wirklich Interessantes.
Es war ein orientalischer Mantel oder Kaftan aus dünner

lavendelblau und purpurrot gestreifter Seide, den Oberst Packett (Honorias Vater) von irgendwoher aus dem Empire mitgebracht hatte und der häufig bei unseren Krippenspielen verwendet wurde. Der Oberst war vor kurzem gestorben, und der Mantel war wohl mit anderen Überbleibseln seiner Habe aussortiert worden. Honoria hatte gründlich aufgeräumt. Ich konnte es ihr nicht verdenken, seit Jahren hatte sie Messingtabletts aus Benares putzen müssen, obwohl sie das haßte und nur Steigbügel gern polierte. Niemand konnte es Honoria verübeln, besonders wenn man bedachte, daß ihr Vater auch Angorakatzen gehalten hatte und sie die ebenso regelmäßig bürsten mußte wie die Tabletts putzen. Ich kann nicht sagen, daß ich Honoria besonders gern mag, aber pünktliche Ausübung ihrer töchterlichen Pflichten zusätzlich zur Unterhaltung des Reitstalls forderte meinen ganzen Respekt.
Um auf den Kaftan zurückzukommen. Ich sagte schon, nichts auf unserem Ramschverkauf bringt mehr als ein paar Shilling ein, aber dieses Kleidungsstück war wirklich so hübsch und als sommerlicher Morgenrock so geeignet, daß ich beschloß, notfalls bis zu einer Guinee dafür zu bieten. Ich war gerade dabei, ihn anzuprobieren, als ich hinter mir das leise Ächzen von Paul Amorys gummibereiftem Rollstuhl hörte.
Er handhabt ihn mit großem Geschick, man denkt gar nicht daran, daß er behindert ist, sondern meint eher, daß er den Rollstuhl als ein besonderes, von ihm bevorzugtes Fortbewegungsmittel ansieht.
»Gar nicht so verkehrt!« lautete Mrs. Brewers etwas unverständlicher Kommentar. Sie vermutete, und sie zögerte

auch nicht, dies deutlich zu sagen, daß sonst keine junge Frau vor ihm in der Umgebung sicher wäre. Ich bin überzeugt, das war ungerecht; Paul Amory liebt seine Betty. Und schließlich sieht er auch sehr gut aus. Er erinnert mich manchmal – kurz bevor er sich die Haare schneiden läßt – an Lord Byron.

Was ich jedoch noch mehr an ihm bewunderte, waren der Mut und die Entschlossenheit, womit er die schlechtesten Landschafts-Aquarelle malte, die ich je gesehen habe.

»Oh«, sagte Paul und sah mich und den Kaftan an.

»Ganz hübsch, nicht wahr?« sagte ich.

»Ich wollte ihn auch gerne haben, für Betty«, sagte er. »Sie hat ihn heute morgen gesehen.«

Natürlich sieht sich jeder alles vorher an, und einen Augenblick war ich richtig verärgert. Doch dann dachte ich, wieviel besser das hübsche, dünne und bauschige Gewand einer jungen schwangeren Frau stehen würde, besonders jetzt im Sommer, und sagte deshalb, ich hätte ihn nur so zur Erinnerung an Oberst Packett anprobiert – nichts ist töricht genug, als daß junge Leute es alten Leuten nicht glauben würden –, und ich hätte keineswegs die Absicht, ihn zu ersteigern.

»Wahrscheinlich mußt du bis zu einem Pfund gehen«, sagte ich warnend (so hatte ich den Kaftan auf Anhieb eingeschätzt).

»Ich werde bis zu dreißig Shilling gehen«, erklärte Paul, »Betty ist einfach vernarrt in ihn.«

»Zeig dein Interesse nur nicht zu deutlich«, warnte ich noch einmal, »vielleicht bekommst du ihn dann für zehn.«

Die Besucher unserer Wohltätigkeitsauktionen sind jedesmal in einem moralischen Dilemma, ob sie das Gebot hochtreiben sollen (um so dem Frauenverein zu nützen) oder ob sie lieber einem Nachbarn zu einem niedrigen Zuschlag verhelfen sollen. Mrs. Cook zum Beispiel hätte eigentlich nicht mit sieben Shilling und Sixpence für einen Elektrokocher davonkommen dürfen. Bei öffentlichen Versteigerungen ist es natürlich anders: Ich erinnere mich gern daran, wie ich dort einmal für eine georgianische Zuckerdose (und die Preise für georgianisches Silber sind seither ständig gestiegen) in meiner selbstherrlichen und anmaßenden Stunde einen Händler aus London überbot. Aber daß Paul überboten würde, wenn er bereit war, über ein Pfund zu gehen, hielt ich für ausgeschlossen; ich machte mir nicht einmal die Mühe, hinzugehen – hat man eine dieser Auktionen erlebt, hat man alle erlebt! –, sondern blieb zu Hause im Garten bei Antoinette.

Wir lebten noch immer in Frieden. Cecilia mußte sich erst einmal von der Reise und dann von all der Aufregung erholen und unbedingt das Bett hüten. Ich erfuhr das von Jessie, Mrs. Brewers Nichte, und durch eine Nachricht von Cecilias eigener Hand, die am späten Vormittag in meinen Briefkasten gesteckt wurde: »Meine beiden Lieblinge, bitte seid nicht böse, ich bin nur so müde!« Sie war ganz offensichtlich nicht von unserem Postboten abgegeben worden, der seine Sendungen pünktlich um halb neun und dann um eins abliefert. Mrs. Brewer sagte, sie habe den Admiral bei uns in der Nähe gesehen.

2

Nicht daß der Donnerstag ganz ungestört für mich geblieben wäre. Wir alle hatten Mrs. Braggs Ausbleiben bemerkt, denn seit mehreren Sonntagen war keine Milch mehr gestohlen worden. Am Donnerstag, gleich nach dem Frühstück, erschien nun unser Polizist mit einem langen Gesicht bei mir und fragte, ob es mir etwas ausmachte, zu ihr zu gehen und dort zu warten, bis der Beerdigungsunternehmer einen Profi geschickt habe. Es schiene ihm nicht richtig, daß sie allein bliebe, erklärte er, der Katzen wegen. »Immerhin steht da ein einigermaßen bequemer Sessel«, fügte er aufmunternd hinzu, »und ich habe auch ein wenig Desinfektionsmittel ausgestreut...«
Nun ja, ich bin abgehärtet gegen den unangenehmen Mief in den Krankenstuben alter Leute, deren erste Reaktion auf eine Krankheit es oft ist, sämtliche Fenster zu schließen. Aber der Gestank in Mrs. Braggs Kate war wirklich besonders gräßlich. Der Hauch aus ihrem Mantel in der High Street war nur eine schwache Vorahnung davon gewesen. Doch kann man sagen, es war – selbst in ihrem Tode – nicht die alte Mrs. Bragg, die so stank, sondern der alles andere überdeckende Katzengeruch.
Offenbar waren die Tiere seit Tagen nicht hinausgelassen worden. Ich ließ die Tür weit offenstehen, aber es war wohl zu spät am Tage, um sie noch für das Herumstromern zu interessieren (Katzen haben einen sehr geregelten Tageslauf). Nur ein oder zwei schlichen vorsichtig nach draußen, kamen aber sofort wieder hereingetorkelt, halbverhungert und apathisch. Ich tat mein möglichstes für sie, indem ich ein halbes Dutzend Schüs-

seln und Pfannen mit Leitungswasser füllte und für sie auf dem Fußboden verteilte. Die Katzen schlappten es auf und maunzten nach mehr, aber als ich nichts Besseres anbot, legten sie sich hin, Flecken aus zartem buntscheckigen Fell wie alte Fußmatten.
Das alles geschah, ehe ich nach ihrer Besitzerin sah. Als ich es getan hatte, wußte ich, warum unser Polizist ohne Säumen den Beerdigungsunternehmer bestellt hatte. Ausgestreckt auf dem Boden liegend, flach auf dem Rücken, die Nase scharf wie ein Pfeil, Mund und Augen starr geöffnet, war die alte Mrs. Bragg unverkennbar mausetot. Ich sah keine Gefahr für sie von seiten der Katzen, weder aus Zuneigung noch Hunger; sie machten einen großen Bogen um die Leiche.
Wie unser Polizist versprochen hatte, gab es einen ganz bequemen Sessel, einen altmodischen Schaukelstuhl aus gebogenem Holz. Ich erinnerte mich, daß er einmal auf einer Ramschauktion für sieben Shilling und Sixpence weggegangen war. Rückenlehne und Sitz aus Rohrgeflecht waren immer noch heil, doch ich würde ruhiger darin gesessen haben, wenn sich von den buntscheckigen Fußmatten nicht dauernd mal ein gelbes, mal ein grünes Auge geöffnet hätte...
Unser Polizist hielt Wort, es vergingen aber doch ein paar Stunden, ehe er mit einem distinguierten Fachmann erschien, der die Sache in die Hand nahm.
»Und Sie sollten den Tierschutzverein verständigen«, sagte ich. Was konnte man mit Mrs. Braggs Katzen anderes tun, als sie töten? Es waren mindestens ein Dutzend, dazu noch ein Paar Angorakatzen und ihr Nachkömmling. Zunächst konnte ich mir nicht erklären, wie

Mrs. Bragg überhaupt zu ihnen gekommen war, aber dann kam ich darauf, daß Honoria tatsächlich gründlich aufgeräumt hatte. Zum Glück fand der Tierschutzverein fast sofort ordentliche Pflegestellen für sie, der Nachkömmling brachte es später sogar noch zu was, er wurde unter dem Namen Felix Suffolk Braggart auf einer Katzenausstellung im Olympia in London zweiter Sieger seiner Klasse.

3

Ich blieb also am Tag der Auktion zu Hause. Cecilia wollte am Vormittag oder spätestens zum Tee kommen, aber als sie sich um halb sechs immer noch nicht blicken ließ, entschloß ich mich, noch ein wenig im Garten zu arbeiten.
East Anglia scheint besonders in Küstennähe ein ganz eigenes Klima zu haben, und in der Regel (wenigstens glaubt man das in East Anglia) ist es viel besser als irgendwo sonst. Manchem Wetterbericht zum Trotz – *der gesamte Südosten Englands: bewölkt* – scheint die Sonne oft genug ohne Vorankündigung. Selbst der Kalender will wenig besagen: Obwohl wir erst Mai hatten, war der Nachmittag so sommerlich, daß in eine Kirche zu treten meinte, wer von der sonnigen Terrasse in das schattige Gebüsch herunterkam – dort war es bestimmt fünf Grad kühler. Mir war's besonders angenehm, weil ich vom Teilen der Katzenminz-Stauden doch tüchtig ins Schwitzen gekommen war. (Natürlich hätte das alles längst erledigt sein sollen, aber was wurde in meinem Garten noch zeitig gemacht, seit ich Antoinette bei mir

hatte?) Der würzige Duft an meinen Händen unterschied sich eigentümlich von jenem stillen, kaum merkbaren Geruch der Zweige und Blätter, der erst im Herbst sein volles Bukett entfaltet; ich freute mich darauf, auch wenn die Katzenminze dann verblüht sein würde ...
Als ich mich umsah, bemerkte ich zwischen den Artischocken Antoinette, die wie ein kleines Tier voller Wohlbehagen in der Erde buddelte. Ich muß gestehen, es hätte mich glücklich gemacht, wenn sie zu mir heraufgeschaut und mir vielleicht sogar zugelächelt hätte; aber gibt es einen besseren Beweis für das Zutrauen eines kleinen Tieres, als daß es dich gar nicht beachtet? Antoinette buddelte zufrieden weiter. Ich schlenderte an ihr vorbei, sog den Duft der Katzenminze an meinen Händen ein, knickte hier und da einen trockenen Zweig ab und stellte vergnügt fest, daß ein Immergrünsteckling, zur Unzeit gepflanzt, doch Wurzeln geschlagen hatte.
Als ich ein paar Minuten später noch einmal in die Büsche nach Antoinette schaute und sie noch immer ganz vertieft und beschäftigt sah, erblickte ich auch Cecilia.
Sie trug den Kaftan.
Seine dünnen, bauschigen Falten aus lavendel- und purpurfarbener Seide umspielten sanft ihren Körper; ihren Kopf hatte sie mit unvergleichlicher blumenhafter Anmut erhoben. Sie sah aus wie eine große wandelnde Iris.

4

Auch Antoinette hatte sie gesehen. Angespannt beobachtete ich, wie der runde blonde Kopf sich hob, instinktiv duckte und dann wieder reckte, um Cecilia länger anzustarren, die wiegend über den Rasen schritt.

Die Artischocken teilten sich, Antoinette kam heraus.
Ich hielt meinen Atem an, als sie sich zunächst nur sehen ließ, sich dann aber vorsichtig, Schritt für Schritt, Cecilia näherte. Cecilia, die große Iris, war klug genug, nichts zu sagen und ganz still zu stehen – hielt auch sie den Atem an?
Sie streckte nur ihre Hand aus – die nun leer war, ohne Bestechungsgabe ...
Was Antoinette hineinlegte, war unglücklicherweise ein toter Frosch.
Ich konnte es Cecilia nicht verübeln, daß sie schrie. Hatte ich damals nicht selbst fast geschrien, als Antoinette mir das Ochsenauge geschenkt hatte? Daß Cecilia schrie, war nur natürlich. Aber sie schlug auch Antoinettes Hand herunter, und als der leblose kleine Gegenstand zu Boden fiel, zertrat sie ihn angeekelt mit den Füßen. Und dann schrie Antoinette.
Selbstverständlich war ich augenblicklich bei ihnen, und bei meinem Anblick hielt sie inne; aber während ich Cecilia erklärte, ein toter Frosch von Antoinette sei ein Zeichen hoher Wertschätzung, verschwand das Kind lautlos und plötzlich wie ein Maulwurf oder Igel, und ich wußte nur zu gut, wo sie zu finden war.
Cecilia gewann ihre Fassung sehr schnell wieder. Sie machte einen großen Jux daraus. »Um Himmels willen, habe ich es da mit einem kleinen Naturforscher zu tun? Wollte sie ihn vielleicht *sezieren*? Wo soll ich in New York denn nur Frösche für sie besorgen?« rief Cecilia mit gespielter Bestürzung, und deshalb gab auch ich mir den Anschein, die Sache leichtzunehmen. In Wahrheit war ich zutiefst bekümmert: Zum erstenmal hatte Antoi-

nette sich ihrer Mutter aus eigenem Antrieb und sogar mit einem Geschenk genähert, und das endete so katastrophal. Denn ein Unglück war es; zu Cecilias Fehler, den Frosch zu zertreten, kam noch ihr Kreischen, ein Geräusch, das Antoinette auf den Tod nicht ertragen konnte.
»Zumindest werde ich diesmal nicht Versteck mit ihr spielen!« erklärte Cecilia – nun scherzhaft nachtragend. »Ich bin eigentlich nur gekommen, um euch zu zeigen, daß ich wieder auf den Beinen bin. Du hattest recht, Schatz – aber wann hast du nicht recht –, ich war viel erschöpfter, als ich dachte!«
Offensichtlich war sie schon lange genug auf den Beinen gewesen, um auf die Auktion zu gehen, und sie war wohl vor allem gekommen, um ihre Neuerwerbung vorzuzeigen. Verständlich, sie war ja so schön darin. Sosehr ich sie aber in Oberst Packetts Kaftan bewunderte (und so gern ich auch gewußt hätte, wieviel sie dafür geboten hatte), ein merkwürdiger Eigensinn hielt mich ab, etwas zu bemerken. Auch Cecilia lenkte keinerlei Aufmerksamkeit auf das Kleidungsstück – ich nehme an, weil ihr die peinliche Lücke in der Entschuldigung für ihr Ausbleiben plötzlich bewußt geworden war. Wir benahmen uns beide so, als trüge sie nichts Auffälligeres als ich mit meinem ausgebeulten Rock und der gestopften Strickjacke; und doch wollte mir, während ich sie zu einem Sherry ins Haus begleitete, das Bild von der schönen Iris nicht aus dem Sinn ...
Auch jetzt hatte sie sich dazu entschlossen, eine gesellschaftliche Angelegenheit aus unserem Zusammensein zu machen, denn es war wirklich höchst interessant und

geistreich, wie sie die Kostümfeste und Galaabende beschrieb, die sie zugunsten von »Pakete für England« organisiert hatte, und es war rührend, wie sie Rab Guthries achtzehnstündigen Arbeitstages gedachte, von dem er viel zu abgerackert war, um sie auch nur einmal auf eines der Feste zu begleiten. Auch Cecilia schien selbst oft ganz erschöpft in den frühen Morgenstunden heimgekehrt, gerade wenn er aufstand, um sich seinen Kaffee zu machen, so daß sie sich in all den Kriegsjahren wohl kaum gesehen hatten. Rab Guthrie tat mir sehr leid, besonders auch, weil er nun nicht mehr sehen konnte, wie seine kleine Tochter auf einem Pony ritt.
»Du mußt Antoinette auf dem Pony sehen«, sagte ich.
»Sie kann reiten? Das ist doch immerhin etwas«, sagte Cecilia, »dann kann sie ja im Central Park reiten.«
Dieser Beifall kam mir gelegen, denn ich überlegte bereits, wie die nächste Begegnung zwischen Antoinette und ihr am besten vonstatten gehen würde. Antoinette war auf der Heide immer am unbefangensten, und dann würden auch noch Honoria und die Cocker-Kinder da sein, sie würden sozusagen eine Schutzschicht bilden. Und als ich Cecilia erzählte, daß die nächste Reitstunde erst am Dienstag sei, also fast am Ende der acht Tage, die sie bei uns bleiben wollte, schien sie das wenig zu rühren – ganz so, als sei sie darauf vorbereitet, auch noch länger zu bleiben. Ich fragte mich, ob sie unter ihrer fröhlichen Leichtigkeit nicht doch ihre Niederlage und die Notwendigkeit zur Geduld erkannt hatte. So kam sie zum Beispiel nicht mehr auf ihren Plan zurück, Antoinette sofort ins »Woolmers« mitzunehmen. Kurz gesagt, ich fühlte mich sehr ermutigt, und wir schieden in

so gutem Einvernehmen, daß es mich kaum überraschte, als Cecilia mich zum zweiten Mal küßte.
»Willst du uns helfen?« hauchte sie. »Nur du kannst es, weißt du. Willst du uns helfen – uns beiden?«

5

Antoinette war, wo ich sie vermutet hatte: unter ihrem Bettchen. Diesmal sprach ich sehr bestimmt zu ihr – natürlich nicht laut, aber mit mehr Nachdruck als gewöhnlich. »Komm heraus, Antoinette«, sagte ich. »Es tut mir leid, und es tut Mama leid, es war nur ein Versehen, sei doch kein Baby mehr ...«
Aus der Dunkelheit unter dem Bett sahen mich Antoinettes Augen unverwandt an.
»Komm sofort heraus, Antoinette«, sagte ich.
Sie kam. Sie krabbelte sehr langsam darunter hervor, aber sie kam. – Von da an bemerkte ich eine Fügsamkeit an ihr, die ganz neu war. Sie schien zu fühlen, daß sie für etwas bestraft wurde, wußte aber nicht wofür, so daß ihre einzige Zuflucht Gehorsam war. Es schnitt mir ins Herz, daß Antoinette, deren erstes menschliches Gefühl Mißtrauen gewesen war, als zweites Resignation empfand. Aber Zeit und Ereignisse hatten uns überrollt.

6

Cecilia hatte, wie sich herausstellte, fünf Guineen für den Kaftan bezahlt, dank derer die Einnahmen der Auktion die Rekordsumme von neun Pfund, fünfzehn

Shilling und zehn Pence erreichten. Mir tat Paul Amory wegen seiner Enttäuschung leid, und als ich ihn am nächsten Morgen in der High Street traf, sagte ich ihm das auch. – Jeder trifft jeden in der High Street, und Paul in seinem Rollstuhl kann man schon gar nicht aus dem Weg gehen. Aber das hatte ich ja auch nicht vor.
»Es tut mir leid wegen des Kaftans«, sagte ich.
»Betty auch«, erwiderte er, »aber ich ging bis vier Guineen, dann hat mir Mrs. Guthrie den Rang abgelaufen.«
Sein Ton und seine Miene waren weniger bekümmert, als man hätte denken sollen. In der Tat schien er eher angeregt.
»Weißt du was?« fügte Paul hinzu, »sie läßt mich ihr Porträt malen. Wir haben hinterher noch ein bißchen miteinander geredet – sie fand es so komisch, daß wir Konkurrenten waren! –, und sie war so hinreißend, daß ich sie einfach fragen mußte.«
»Ich kann es dir nicht verdenken«, sagte ich.
»Ich darf es versuchen, das hat sie mir versprochen«, frohlockte Paul, »selbst wenn es einen Monat dauert!«

9

Schon eine Woche Aufschub hätte mir neuen Mut gegeben, und ein Monat hat vier. Ich fragte mich nur, wie sich diese Pläne, die mir persönlich hochwillkommen waren, in Bettys Sicht ausnehmen würden; aber sie behauptete, von dem neuen Experiment ihres Gatten ganz entzückt zu sein, denn Paul wechselte, um dem Porträt Cecilias gerecht zu werden, von Wasserfarben auf Öl. (Er wisse damit umzugehen, erklärte er mir gegenüber, er habe früher schon Ölbilder gemalt – und das im Ton eines Knaben, der sagt, daß er schon mal Algebra gehabt hat.) Gewiß, Öl ist ein teureres Material; ich vermutete, Betty mußte sparsamer wirtschaften, aber sie beschwerte sich nie, auch nicht, als die Marmorplatte, die sie zum Blätterteigmachen brauchte, als Ersatzpalette requiriert wurde. Paul ging in seinem Rollstuhl mit den Wasserfarben sehr geschickt um, sein Zeichenblock lag auf einer Art Lesepult, das an der Fußstütze mit Scharnieren befestigt war, von seinem Arm hing in einer Schlinge ein Marmeladenglas mit Wasser herab, und den Malkasten hielt er auf den Knien. Aber Ölfarben verlangen mehr.
Um die Leinwand zu halten, mußte eine Staffelei errichtet werden. Für die Marmorplatte wurde eigens ein Tisch benötigt. All das stiftete natürlich großes Durcheinander im Wohnzimmer eines so kleinen Häuschens wie das der Amorys. Cecilia hatte das schnell erkannt; schon nach wenigen Sitzungen wurde das ganze künstlerische Zubehör in eine leere Garage des »Woolmers« verlegt. Weil das Benzin noch immer rationiert war, kamen nur

wenige Gäste mit Wagen; vielleicht bezahlte sie auch etwas für die Benutzung. Paul erzählte voll Freude überall, nun habe er endlich so etwas wie ein richtiges Atelier und sei Betty nicht mehr im Wege. Es hätte nicht öffentlicher vonstatten gehen können, denn die Türen mußten natürlich weit offenstehen, um das Licht hereinzulassen. Zum Glück gingen sie nach Osten, und an den Vormittagen war die Garage, die außerdem noch Seitenfenster hatte, genau, wie ein Atelier sein sollte.
Cecilia richtete sich also ein – von einer sofortigen Abreise war nicht mehr die Rede. Im Gegenteil, manchmal klang es so, als hätte sie vor, den ganzen Sommer bei uns zu verbringen. »Ich habe ja nicht gewußt«, sagte sie, »wie sehr ich genießen würde, wieder daheim zu sein!« Diese Worte erfüllten mich mit großer Hoffnung, ich wagte kaum, mir vorzustellen, was sein würde, wenn Cecilia vielleicht für immer in England bliebe. Und in East Anglia, in erreichbarer Nähe? Für Antoinette wäre es das reine Wunder, aber Wunder geschehen bisweilen wirklich. Wie gesagt, ich wagte kaum, diesen Gedanken weiterzudenken, und ich machte Cecilia auch keinen übereilten Vorschlag in diesem Sinne. Doch ich nahm die Gelegenheit wahr zu bemerken, daß Antoinette nun, da wir mehr Zeit hatten, noch ein wenig länger an ihrem gewohnten Ort bleiben könnte.
»Du hast mich gebeten zu helfen«, erinnerte ich sie.
Cecilia schaute ernst, aber nicht ablehnend.
»Und du glaubst, es hilft? Du meinst nicht, Tony könnte mir übelnehmen, daß ich sie nicht auf der Stelle haben möchte?«
»Nein«, sagte ich.

»Und du meinst auch nicht, daß sie ein Trauma davon bekommen könnte?« beharrte Cecilia.
Ich verneinte noch einmal, auch wenn mir dieser psychoanalytische Ausdruck damals unbekannt war. Ich sagte nein zu jedem Zweifel Cecilias, was es auch sein mochte, und überredete sie tatsächlich ohne große Schwierigkeiten, Antoinette noch ein Weilchen zu lassen, wo sie war und wo Cecilia sie leicht jeden Tag besuchen und sehen konnte.
Es kam dann so, daß sich Mutter und Kind in meinem Garten und nicht auf der Heide wiederbegegneten. Antoinettes Dienstag-Reitstunden fielen diesmal aus, weil Honoria nach London gefahren war. Sie hatte etwas beim Anwalt ihres Vaters zu erledigen und wollte außerdem seine Orden bei Spinks in London verkaufen. Einer von ihnen (er stammte vom Boxer-Aufstand) erzielte einen so unerwartet hohen Preis, daß Honoria einen ganzen Monat lang in London blieb, dort ins Theater ging und alte Freunde besuchte. Sie hatte zwar für einen Stellvertreter gesorgt und einen hochbetagten Fuhrmann angestellt, der die Ponys fütterte und versorgte, aber weder Mrs. Cocker noch ich hatten genügend Zutrauen zu diesem Alten, um ihn mit einer Gruppe von Kindern ausreiten zu lassen. Antoinette und die kleinen Cockers versäumten acht Reitstunden hintereinander.
Ich konnte es Honoria nicht verdenken, aber ich war verärgert. Schließlich war es besonders wichtig, daß nach dieser ersten mißglückten Begegnung von Cecilia und Antoinette eine möglichst erfreuliche folgte, außerdem hatte Antoinette am Reiten eben Spaß. Nun blieb uns nichts anderes übrig, als zu warten, bis Honoria von den Fleischtöpfen zurückkehrte.

Immerhin, wenigstens mein Garten war heimatlicher Grund, und Antoinette versteckte sich beim zweiten Mal nicht vor ihrer Mutter. Es gehörte zu ihrer neuen Fügsamkeit, daß sie brav dablieb, wenn ich (bestimmt) sagte: »Sieh mal, Antoinette, deine schöne Mama kommt zu Besuch, du mußt dableiben und ihr ›Guten Tag‹ sagen und nicht weglaufen!«
Sie blieb, zwar verwirrt und ergeben, aber sie blieb. Später einmal zeigte sie mir unaufgefordert ihre Hände, die leer waren von irgendwelchen Schätzen ...
Cecilia besuchte uns jeden Vormittag vor oder nach ihrer Porträtsitzung, sie sah, wie jedermann wußte, täglich nach ihrer Tochter. Das waren eigentlich nur Stippvisiten, sie hatten aber den Vorteil, Antoinettes passiven Gehorsam nicht zu überfordern. Auf Cecilias liebevolles »Hallo, Schätzchen!« oder »Hallo, mein Liebling!« unterließ sie es niemals, mit dem »Hallo« zu antworten, das sie beim Ausreiten mit den Cocker-Kindern gelernt hatte. Es gefiel Cecilia sehr. Dann stand Antoinette still da und hörte Cecilias Geplauder zu oder folgte ihr durch den Garten, und das dauerte nie länger als eine halbe Stunde. Cecilia plauderte so viel, daß Antoinettes Schweigen kaum auffiel. Mrs. Gibson, zum Beispiel, erzählte mir einmal, daß sie an der anderen Seite der Hecke entlanggegangen sei und es so nett gefunden hätte, mitanzuhören, wie ausgezeichnet die beiden sich verstanden.
Wie ich hörte, bewunderte man Cecilia für ihren Takt und ihr Verständnis, weil sie völlig einsah, wie gut und nützlich ich für Antoinette gewesen war. Deshalb hatte sie eingewilligt, ihre geliebte Tochter nicht auf der Stelle

zurückzufordern. Jeder wußte (fügte Mrs. Gibson hinzu), wie sehr ich an dem Kind hing – was sie in Wahrheit eben nicht wußten.

2

Es gab keinen Zweifel, die neuen Farben und Pinsel sowie seine Staffelei und das neue Atelier taten Paul Amory sehr gut. Er war immer fröhlich gewesen, auf eine resolute Art; aber jetzt stand in seinen Augen ein wahres Feuer der Begeisterung, und er glich mehr denn je Lord Byron – sogar unmittelbar nach dem Haareschneiden. Er kam immer in allerbester Stimmung nach Hause zum Mittagessen; solange die Sitzungen auch über die Zeit dauern mochten, er kam stets zum Mittagessen, das Betty für ihn warm hielt. Aber das war nur ein Beispiel für die Freuden, die uns Cecilia durch ihre bloße Gegenwart bescherte. Der Krieg war durch trotzigen Mut gewonnen, jeder war müde. In London, so hieß es, wünschte man sich nach dem Ende der Bombenangriffe nur noch das eine: früh zu Bett zu gehen. Wir in East Anglia konnten meistens bis zur Genüge schlafen; wir hatten nichts, was uns wachhielt, im Gegenteil: wir hatten so übermäßig geschlafen, daß wir langweilig wie die Mehlsäcke aus dem benachbarten Norfolk wurden. Es war erstaunlich, wie schnell Cecilia eine Stimmung für Heiterkeit und Geselligkeit erzeugte. Außer ihrer Schönheit brachte sie Lebenslust mit, sie strömte von ihr aus wie der Duft der Gardenien. (Der französische, den wir so lange entbehrt hatten.) Ihre Kleider – nicht eines geflickt oder umgeändert – waren nach Jahren der Ein-

schränkung ein Labsal für unsere wenig verwöhnten Augen. Habe ich nicht schon geschildert, welch beinahe sinnliches Vergnügen ich selbst beim Anblick einer Falte violetten Wollstoffes empfand? Cecilia bewegte sich unter uns wie eine heitere Erinnerung an all das Wohlleben im Frieden und erzeugte durch ihre bloße Gegenwart einen Reigen ungewohnter Wonnen. Die Cockers gaben kleine Dinner-Partys für sie, auf denen es seltenen Hummer oder Seezungen gab. Als Tischherr bot sich außer Sir David immer der US-Luftwaffenoberst an, der mit typisch amerikanischer Großzügigkeit des öfteren eine Flasche Scotch beisteuerte – und sie halbvoll zurückließ. Ich bin sicher, lediglich sein Feingefühl hielt ihn davon ab, regelmäßig Lebensmittel zu liefern; er hatte mit viel Mühe herausgefunden, daß Meeresgetier nicht rationiert war. Natürlich hatte Cecilia vollen Erfolg bei ihm: ihre Schönheit, ihr Charme, und war sie nicht durch ihre Ehe eine Landsmännin? Bald fuhr der amerikanische Oberst sie zum »Mariner's Arms« und zum »Crown and Sceptre« wie einst Rab Guthrie. Aber er war ein verheirateter Mann mit einer Brieftasche voll Photographien von Frau und Kindern.
Als das Wetter wärmer wurde, fand Cecilia auch am amerikanischen Swimming-pool Gefallen. Ich sagte schon, er war an Samstagnachmittagen die Attraktion für alle kleinen Wasserratten des Dorfes. Cecilia hatte die uneingeschränkte Erlaubnis, ihn zu benutzen, wann immer sie wollte und mit wem sie wollte. Der Oberst bestand förmlich darauf, daß sie sich eine Eskorte mitnahm, und warnte sie vor dem drei Meter tiefen Teil des Beckens. Es war Cecilias Entzücken, besonders wenn alle

zusahen, über die Kiesbank zur Bucht hinunterzulaufen, in der sie, gleich einer Meeresnixe, schwamm. Sie drängte mich oft, auch Antoinette dorthin zu bringen, damit sie, selbstverständlich im Swimming-pool, auch schwimmen lerne, aber ich fand immer eine neue Ausrede. Ich wußte selbst nicht genau, warum; es machte ja nichts, daß ich selbst nicht schwimmen konnte, wenn die Mutter des Kindes hervorragend schwamm. (Obwohl ich fand, sie schwamm eher schön als kraftvoll. Cecilias Schmetterlingsstil war wunderhübsch anzusehen, aber nur auf 20 Metern.) Und davon abgesehen, brauchte Antoinette nicht jetzt, da ihre Reitstunden ausfielen, eine andere gesunde Betätigung in der Gesellschaft der Gleichaltrigen? Mein Gefühl riet mir dennoch, Antoinette, das kleine Landtier, den kleinen Maulwurf oder Igel, vom Wasser fernzuhalten, und Cecilia benutzte den Swimming-pool an Samstagen sowieso nicht.

Wochentags, wenn es an anderer Eskorte mangelte, nahm sie den Admiral als Leibwache mit. Er gestand mir einmal, der Anblick von Cecilia, wenn sie so gegen die Wellen der Bucht schwamm, sei, verdammt noch mal, das Poetischste, was er im Leben gesehen habe. Kein Zweifel, Cecilia bereitete viel Freude – und nicht nur ihren neuen Verehrern, alte kamen hinzu und erhielten ihren Anteil, Major Cochran und Henry Pyke wurden Augenzeugen, und jeder hatte seine eigene gefühlvolle Geschichte zu erzählen.

In einem Punkt waren die einander merkwürdig ähnlich: beide drehten sich weniger um Cecilia selbst als um die Erinnerungen, die sie weckte. Henry Pyke erinnerte Cecilia an seine Mutter. Ich war verblüfft. Nach

Mrs. Brewer, deren Gedächtnis weiter zurückreichte als meins, war die arme junge Mrs. Pyke ein wenig schwächlich gewesen: bildhübsch, aber mit kaum mehr Mark in den Knochen als ein frikassiertes Huhn. Deshalb stellte ich sie mir als eine etwas hilflose, präraphaelitische Schönheit vor. Aber hilflos war sie wohl nicht gewesen, immerhin hatten die Schläge, die aus unserem Henry Pyke einen verbiesterten Wüterich gemacht hatten, erst nach ihrem Tode richtig begonnen. »Solange sie lebte, gab es keinen Riemen«, gab Mrs. Brewer zu, die wohl ausnahmsweise einmal jemanden leicht tadelte, wenn auch nur dafür, daß er zu früh gestorben war.
»Aber warum ist er denn überhaupt verprügelt worden?« erinnerte ich mich, gefragt zu haben. »War er denn so ungezogen?«
»Nein, aber mickrig«, sagte Mrs. Brewer.
Die Menschen an der Küste von East Anglia sind hartgesotten. Unter der äußeren Duldsamkeit liegt ein harter Kern verborgen. Der alte Henry Pyke, in East Anglia geboren und aufgewachsen, war am Leben geblieben – um seinerseits die Fäuste genauso grob zu gebrauchen wie sein Vater. Er hatte jedoch erst, als seine zarte Mutter tot war, richtig Prügel bekommen. Ja, ich sah es vor mir, wie sich Cecilias Schönheit und Anmut ohne weiteres in die Form eines knabenhaften Ideals einfügten...
Major Cochran, ehemals königliche Artillerie mit Orden und Streifen, wurde an seine erste Liebe zu der Tochter seines Obersten in Indien erinnert. Er war damals gerade Leutnant und besaß nichts als seinen Sold. Cecilia hatte offenbar genau die gleiche atemberaubende Haltung und

das gleiche Flair des Besonderen. »Ich würde sagen, ich war nur ein- oder zweimal ihr Partner im gemischten Doppel«, gestand Major Cochran, »aber ich glaube, sie wußte, was ich für sie fühlte. Später heiratete sie freilich einen jungen Burschen von den Husaren ...«
Daß Cecilia Henry Pyke an seine Mutter und gleichzeitig den Major Cochran an seine Obristentochter erinnerte – Frauen ganz unterschiedlichen Typs –, wunderte mich nicht. Meiner wohlerwogenen Meinung nach sind Männer Narren, wenn es um Gefühle geht. Ich wunderte mich nur darüber, daß keiner von beiden versucht hatte, Cecilia zu heiraten, ehe Rab Guthrie sie nahm. Sie gehörten beide nicht in die Kategorie der Bankdirektoren, Vermessungsingenieure oder auch der mittleren Gutsbesitzer: Henry Pyke hatte nach all seinen Prügeln mehr als reichlich geerbt, und Major Cochran kam ebenfalls zu Geld – zu so viel, daß er sogar gegen den Burschen von den Husaren hätte antreten können, wäre der Erbonkel nur etwas früher gestorben. Und doch hatte keiner von ihnen, soviel ich weiß, Cecilia einen Antrag gemacht. Vielleicht weil sie sich schon vor Jahren zu alt gefühlt hatten, dachte ich, und Mrs. Brewer stimmte mir zu (das Thema kam irgendwie zur Sprache, als wir mein Bett machten), wenn sie das auch in rauhere Worte kleidete. Alte Trottel müssen sie gewesen sein, die beiden, sagte Mrs. Brewer, aber doch noch mit einem Funken Verstand ...
Ich möchte sagen, es war derselbe Funke von Verstand, der sie davor bewahrte, Herz und Schwingen von neuem zu versengen. Keiner von beiden machte zum Beispiel einen großen Umweg, um Cecilia in der High Street zu

begegnen. Ergab sich aber zufällig eine Begegnung, welches Behagen leuchtete dann aus ihren alten gegerbten Gesichtern! Zudem fuhr Major Cochran nach Ipswich, um sein Gebiß nachsehen zu lassen, und Henry Pyke ließ sogar Pfadfinder in seinem Obstgarten campieren.
Von ihnen war jedenfalls keiner in der Lage, als Leibwache im Swimming-pool Dienst zu tun, und Paul Amory mit seinem Rollstuhl brauchte erst gar nicht zu versuchen, den sandigen Anmarschweg von anderthalb Meilen zu bewältigen. Aber bald war ein anderer heimgekehrter junger Ehemann auf dem Plan, der Luftwaffenoberst Pennon. Er und seine Frau Janice schwammen vorzüglich. Wie schmeichelhaft ist die Sympathie der Jungen für die Alten! Selbst dann, wenn sie nicht mehr Lebenserfahrung haben als ein ausgeschlüpftes Küchlein, ihre Zuneigung schmeichelt entgegen aller Vernunft. Als Janice mir sagte, ich erinnere sie an Jane Austen, wußte ich, der Vergleich mit jener eleganten Moralphilosophin war einfach absurd – wohl das Überbleibsel eines Studiums der englischen Literatur, das sie an irgendeiner Provinzhochschule absolviert hatte –, dennoch war ich sehr geschmeichelt! Ihr Mann hatte ebenfalls einen leichten provinziellen Akzent. (Die Leute von East Anglia halten ihren eigenen Akzent niemals für provinziell, er ist einfach »eastanglianisch«.) Ich hegte eine große Bewunderung für Peter Pennon, der von seinen heroischen Schlachten in den Lüften zurückgekehrt war, um sich selbstgenügsam bei uns als Tierarzt niederzulassen. Ich sagte es ihm auch. Er grinste und sprach von etwas anderem, war aber, glaube ich, doch recht erfreut, und Janice auch. Kurz, die Pennons und ich fanden uns nett, und wir wurden Freunde.

3

Cecilia verbreitete wirklich mehr Vergnügen, als ich ahnte. Von dem hübschen Täschchen, das sie den ganzen Weg über den Atlantik für ihre Tochter mitgebracht hatte, habe ich schon erzählt. Nachdem Antoinette es mit in den Garten genommen hatte, war es plötzlich verschwunden. Tagelang suchte ich danach. Zunächst glaubte ich, es irgendwo, achtlos fallen gelassen, wiederzufinden. (Daß ich unter den Artischocken nachsah, war wahrscheinlich töricht, denn das ausgescharrte Geheimversteck dort war für wirkliche Schätze bestimmt: ein leeres schwarz-gelbes Schneckenhäuschen, ein ungewöhnlich gefurchter Kieselstein.) Ich suchte im Haus nach, vergeblich. Aber einige Zeit später berichtete Mrs. Brewer, der schieläugige Kevin habe nun doch noch ein Mädchen fürs Kino gefunden, nachdem er ihm eine schönbestickte Tasche an einer goldenen Kette geschenkt hatte. Das war freilich ein hübscheres Geschenk als ein Ochsenauge.
Ich war Cecilia sehr dankbar, daß sie so taktvoll war, nicht nach dem Spielzeug zu fragen. Daß sie es ganz vergessen haben sollte, konnte ich mir nicht vorstellen. Ich fand, sie benahm sich fabelhaft, und mehr denn je freute ich mich darauf, ihr als eine Art Gegenleistung Antoinette auf dem Pony vorzuführen. Hinterher wünschte ich allerdings, Honoria wäre in London geblieben.

10

Aber Honoria war zurückgekommen, mächtig verschönt durch Lippenstift und einen neuen Tweedmantel und erfüllt von den Shows, die sie gesehen, und den alten Freunden, die sie getroffen hatte; sie sei dennoch ganz froh, tönte sie, wieder bei uns alten Trantöpfen zu sein. Sie fand ihre Ponys in gutem Zustand vor, wenn auch die Sattelkammer in großer Unordnung war. Am ersten Dienstag nach ihrer Rückkehr machten wir uns alle auf, sie und ich und Antoinette und die drei Cocker-Kinder, und selbstverständlich begleitete uns diesmal auch Cecilia.
Anfangs verlief alles ausgezeichnet. Ganz wie ich gehofft hatte, war sie offenbar hochbefriedigt darüber, wie gut ihre Tochter auf dem Pferd saß und wie eifrig und aufgeweckt sie ihr »Hallo« mit den kleinen Cockers austauschte, die ihrerseits Antoinette neue Beachtung schenkten, weil sie eine so schöne Mama hatte. Jeder, an dem wir vorüberzogen, sah Cecilia bewundernd an. Ein- oder zweimal tauchten sogar Gesichter an den Fenstern auf. Gewöhnlich war der Weg bis zur Heide nichts weiter als die Möglichkeit, zügig, aber ohne zu traben zum Reitplatz zu kommen, und er hatte bestimmt nie Aufmerksamkeit erregt, aber mit Cecilia wurde er zu einer richtigen kleinen Prozession!
Auf der Heide angekommen, fiel die ganze Kinderschar zunächst in Trab, dann in leichten Galopp – Antoinette galoppierte wie eine Alte und war diesmal überhaupt nicht von einem anderen Kind ihres Alters zu unterscheiden. Cecilia konnte natürlich nicht wissen, welcher

Triumph das war, aber zweifellos freute sie sich, sie sah auf einmal richtig stolz auf ihre Tochter aus. – Da stolperte »Pfeffer« plötzlich, Antoinette verlor die Steigbügel und fiel kopfüber in einen Ginsterbusch.
Es war ein ganz harmloser Unfall. Honoria hatte Kind und Pony im Nu wieder aufgelesen, und Antoinette war nur ein bißchen verkratzt. Ich merkte jedoch, wie Cecilia neben mir erstarrte. Vermutlich klang es sehr zusammenhanglos, als ich ihr zu erklären versuchte, daß Antoinette hier nicht unbedingt reiten lernen sollte – was sie in der Tat schon sehr gut machte –, sondern vor allen Dingen, mit ihren Altersgenossen umzugehen. Cecilia (sämtliche Mutterinstinkte in ihr aufgebracht) hörte jedenfalls weder mir noch Honoria zu. Vergeblich beteuerte Honoria, Antoinette müsse sofort wieder aufsitzen, sonst würde das Kind die Nerven verlieren; ihr lautes Gewieher reizte Cecilia nur noch mehr – wie es auch mich oft gereizt hatte, aber diesmal war es gerechtfertigt. Antoinette schreckte nicht im geringsten vor »Pfeffer« zurück, der jetzt dicht am Zügel geführt wurde, sondern vor der Hand ihrer Mutter, die ihr Handgelenk umschloß ...
»Was ich absolut nicht zulassen werde«, erklärte Cecilia wütend, »ist, daß sich mein Kind die Nase bricht!«
»Aber wenn sie bis zum nächsten Mal wartet –«, fing Honoria wieder an.
»Es wird kein nächstes Mal geben!« fiel Cecilia ihr ins Wort. Sie ließ auch nicht zu, daß Antoinette auf dem Nachhauseweg ritt. Wir – das heißt Cecilia, Antoinette und ich – kamen zu Fuß von der Heide zurück. Bekümmert registrierte ich den gar nicht mehr anerkennen-

den, sondern schadenfrohen Blick der kleinen Cockers. Sie fielen aus einem leichten Trab ostentativ in Galopp, und Honoria ließ es ausnahmsweise geschehen.

Als sie sich etwas beruhigt hatte, beteuerte Cecilia, daß sie mir mein gutgemeintes, aber unbesonnenes Experiment nicht im mindesten übelnehme. Aber es sei wohl das beste, wenn sie jetzt ihre Tochter so schnell wie möglich zu sich nehmen würde. Antoinette sollte nun sofort mit ins »Woolmers« ziehen, man habe das schon viel zu lange hinausgezögert.

»Gleich morgen«, ordnete Cecilia an.

Wer war ich, um etwas dagegen zu sagen? Wenn Antoinette, wie ich schon sagte, auch kaum ein paar Kratzer hatte, und wenn der mühselige Fußmarsch in Reithosen und schweren Stiefeln zurück nach Hause auch viel schädlicher war, als es ein zweiter Salto hätte sein können: wer war ich, um etwas dagegen zu sagen? Vor allem als Cecilia sich wieder erregte und es als ein Glück hinstellte, daß dem Kind nicht sämtliche Knochen gebrochen waren, vom Nasenbein ganz zu schweigen. Deshalb sagte ich nur, ich würde Antoinettes Kinderbett am nächsten Morgen schicken lassen und Antoinette dann bringen.

Ich bin nicht sicher, wieviel Antoinette von diesem Wortwechsel verstand. Cecilia sprach mit ziemlich lauter Stimme. Nach Antoinettes Miene beziehungsweise nach ihrer Ausdruckslosigkeit hätte man schließen können, daß sie versuchsweise die Ohren verschloß. Sie blieb still, hatte nichts zu sagen, aber war sie sonst nicht auch stumm? Cecilia hielt ihr Schweigen zweifellos für Zustimmung, sofern sie ihre Tochter überhaupt von dieser Angelegenheit berührt glaubte.

»Erst einmal auf Wiedersehen, Liebling«, rief Cecilia munter, als wir uns an meiner Gartenpforte trennten. »Morgen kommst du für immer zu Mama!«
Den Rest des Vormittags über spielten Antoinette und ich zum Trost Flohhüpfen mit Kaninchenködeln.
Sie spielte, fügsam, weil ich es vorgeschlagen hatte. Als Extravergnügen erlaubte ich ihr, mittags und abends im Garten zu essen; doch sie ging bloß mit derselben teilnahmslosen Ergebenheit hinter mir her, als ich unsere Tabletts hinaustrug. Soviel oder sowenig sie von meinem Gespräch mit Cecilia begriffen hatte, ich fühlte, wie sie wieder Zuflucht zu striktem Gehorsam nahm. Oft bringt die Zunge unter dem Druck des Gefühls nichts als Banalitäten zustande! So ging es mir jetzt.
»Ab morgen wirst du bei deiner schönen Mama bleiben!« sagte ich zu Antoinette.
Sie sah mich an, nicht forschend, sondern resigniert.
»In einem schönen großen Haus weiter unten am Berg«, schwatzte ich weiter. »In deinem Bettchen, bei deiner Mama! Ist das nicht fein?«
Natürlich antwortete sie nicht. Ich erwartete es auch nicht. Aber ich war sicher, sie hatte begriffen, und weiteres Geschwätz konnte ich mir sparen.
Deshalb schwieg ich wie sie. Selbst wenn ich ihre Lieblingsgedichte aufgesagt hätte, in diesem Augenblick wäre auch das bloßes Geschwätz gewesen. Mrs. Brewer war gegangen, es herrschte vollkommene Stille. Sonst konnten Antoinette und ich so vertraut schweigend beieinander sitzen, daß es kaum einen Unterschied machte, ob gesprochen wurde oder nicht, aber jetzt war nur Gespanntheit zwischen uns, und ich ertappte mich dabei, wie ich unbedingt irgend etwas sagen wollte.

Resignation scheint zu den mittleren Jahren zu gehören. Ich selbst war an die vierzig Jahre alt, bevor ich mich mit meinem eintönigen Dasein abfand. In den Dreißigern hofft man immer noch. Aber sich mit seinem Los schon als Kind abzufinden, ist schrecklich. Ich fragte mich, ob Mr. Pyke sich wohl in sein Schicksal ergeben hatte, als er von seinem Vater geprügelt wurde. Es war nur zu wahrscheinlich. Mich bedrückte dieser Gedanke so sehr, daß ich mich zu einem letzten Angriff auf Cecilias Geduld entschloß. Vielleicht ließ sie sich doch noch überreden, Antoinette ein wenig länger, und sei es auch nur für ein paar Wochen, bei mir zu lassen. Und warum es mir mißlang, daran erinnere ich mich auch heute noch nicht gern.

2

Am nächsten Morgen ging ich früh zum »Woolmers« hinunter, allein und unter dem Vorwand, nachsehen zu wollen, ob in Cecilias Zimmer neben Antoinettes Bett auch noch Platz für ihren Überseekoffer wäre. – Natürlich war Platz genug da, Cecilia hatte das größte Einzelzimmer im Hotel. Aber wie groß war mein Erstaunen, als ich bereits ein zweites Bett aufgestellt fand. Kein Kinderbett, sondern einfach ein Bett, ein Erwachsenenbett mit einer Bettdecke aus rosa Chintz und einem rosa Paradekissen am Kopfende: alles in allem sehr ansprechend, aber ein Kinderbett war das nicht.
Hätte ich gründlicher nachgedacht, wäre ich von selbst darauf gekommen, daß für Cecilia (die an keinerlei Notbehelf gewöhnt war) eine Klavierschemel-Verlängerung

auf keinen Fall in Frage kam, natürlich würde sie selbst ihre Maßnahmen treffen, und in einem Hotel war das keine Schwierigkeit. Es war jedoch ziemlich rücksichtslos von ihr, mir am Tage vorher nichts davon gesagt zu haben. Es wäre schließlich möglich gewesen, daß ich zumindest den Schemel gleich mitgebracht hätte.
»Nun, wird Tony es nicht gemütlich haben?« fragte Cecilia lächelnd und freute sich auch noch über mein Erstaunen.
Es war ein schlechter Anfang. Einerseits wuchs meine Entschlossenheit bei dem Gedanken, daß Antoinette selbst ihren wohlbekannten Schlafplatz verlieren sollte, andererseits machte mich Cecilias Selbstgefälligkeit nur immer gereizter, und ich fürchtete, meine Beherrschung zu früh zu verlieren. Ich wußte, mit meiner Ruhe würde es vorbei sein, wenn es nötig wurde – wenn es nötig wurde, Cecilia genauso einzuschüchtern, wie nach meiner Vorstellung Dr. Alice sie eingeschüchtert hätte. Ich mußte nur anstelle der medizinischen Autorität meine geheime Befehlshaber- oder Fischweibmentalität hervorkehren. Aber zunächst wollte ich jedes einleuchtende Argument vorbringen – etwa Antoinettes sichtliche Zufriedenheit und ihre Fortschritte in ihrer gewohnten Umgebung, ihre Abneigung, ja Furcht vor jeder Veränderung und die schlimmen Folgen, die sich aus übereiltem Handeln ergeben konnten. Ich saß am Fußende des Bettes und fing an, alles ruhig und sachlich vorzutragen – bis Cecilia bei der ersten Gelegenheit einwarf, es ginge natürlich um die zwanzig Pfund im Monat.
Um nicht ungerecht zu sein: Ich glaube, sie bereute die Worte noch im selben Augenblick – so geschwind war sie

bei mir und nahm meine beiden Hände in ihre und beteuerte, wie gut sie wisse, daß Geld nie, nie wiedergutmachen könne, was ich für ihr liebes Schäfchen getan hatte. Aber die Worte waren einmal ausgesprochen, und in einer unbeherrschten Wallung von falschem Stolz (denn es war Antoinette, die dafür bezahlen mußte) stand ich auf und ging.

3

Unsere Trennung war nun unvermeidlich. Das letzte, was ich wünschte und was ich unbedingt vermeiden wollte, war eine gefühlvolle Szene. Ich gebe zu, ich fühlte mich ein wenig durch den außerordentlichen Gleichmut gekränkt – angesichts dessen alle meine Befürchtungen lächerlich schienen –, mit dem Antoinette im entscheidenden Augenblick ihre Übersiedlung hinnahm. Ihr kleines rundes, holländisches Gesicht blieb völlig ausdruckslos, lediglich gleichmütig. Sie schritt neben mir den Berg hinunter zum »Woolmers«, sogar ohne mich an der Hand zu fassen, und als ich sie bei Cecilia ließ, drehte sie sich nicht einmal nach mir um.
Alle ihre Spielsachen – das heißt ihre richtigen Spielsachen, die aus New York stammten – nahm sie natürlich mit, obwohl wir nach einigen lange suchen mußten. Antoinette machte keinen Versuch, einen toten Frosch oder eine Hundezigarre mitzuschmuggeln. Es schien, als könnte sie eine ganze Lebensweise (mich inbegriffen) so leicht abschütteln, wie sie vor fünf Jahren das Zusammenleben mit ihren Eltern jenseits des Atlantiks abgetan hatte... »Kinder und Säuglinge sollen mir eine

Lehre sein!« dachte ich. Und ich verbrachte den Rest des Tages damit, Antoinettes Kinderbett abzubauen, um es an den Frauenverein zurückzugeben, und unzählige Papierservietten hinter den Kissen im Wohnzimmer einzusammeln. Das geschah nicht etwa, um alle Spuren meines Kindes zu tilgen, es war nur ein ganz vernünftiges Aufräumen. Pure Sentimentalität wäre gewesen, die Artischocken abzuhauen. Ich bin stolz darauf, daß ich es nicht getan habe, sondern nach getaner Plackerei hinausging und ein Weilchen bei ihnen stehenblieb.
Es war ein schöner Abend. Wir hatten jetzt Ende Mai, und im Frühsommer ist in East Anglia, wenn das Wetter schön ist – das heißt, wenn wir weder überschwemmt noch eingefroren sind –, sogar das Atemholen ein unbeschreiblicher Segen. Zu sagen, wir atmeten die beste Luft in England, ist noch viel zu wenig gesagt: wir atmen die beste Luft der Welt. Sie kommt direkt vom Nordpol her, wird bei Holland zurückgeworfen und dadurch gerade richtig angewärmt: ein paar tiefe Atemzüge beim Aufstehen, und man ist für den Tag gerüstet. So wird man beständig fitgehalten und abgehärtet.
Die Pflanzen in meinem Garten sind alle abgehärtet. Seit Jahren ist bei mir außer den Kaiserkronen nichts eingegangen, und die sind fremd hierzulande, es war dumm von mir, es mit ihnen zu versuchen. Große weiße Margeriten, Gartennelken, Klematis und Kirschlorbeer gedeihen Jahr für Jahr prächtig – trotz der Temperaturen oder falscher Behandlung. Meine Artischocken türmten sich in jedem Jahr höher, ob ich sie nun herunterschnitt oder abfaulen ließ, und die Ableger der Katzenminze, die ich geteilt hatte, schlugen bereits Wur-

zeln. Tatsächlich zeichnete sich mein Garten durch eine geradezu charaktervolle Ausdauer aus, und wer außer mir hatte das Glück, beides zu genießen, einen unverwüstlichen Garten und unberechenbares Wetter?
Es war ein Fehler gewesen, es mit Kaiserkronen zu versuchen. Nicht jede Pflanze läßt sich so leicht verpflanzen wie die Katzenminze; das gelingt nur mit den weniger empfindlichen und gewöhnlicheren Arten, die keine besondere Pflege verlangen. Unser Wetter ist freilich unberechenbar. Eben hatte ich die Temperatur für gut befunden, eine Flasche Rotwein zu chambrieren (ich spreche hier als Tochter meines Vaters), als plötzlich eine kühlere Brise Rheinwein nahelegte und eine Wolkenbank am Himmel Regen ankündigte. Nichts konnte uns willkommener sein, wir brauchten dringend Regen, und mehr denn je pries ich mich glücklich, hier zu leben. Als ich wieder ins Haus ging – es war nun wieder ordentlich aufgeräumt, und man mußte nicht mehr fürchten, auf einen toten Frosch zu treten –, empfand ich fast so etwas wie Zufriedenheit über mein Geschick. Trotzdem war mir die Einladung der Crockers zum Abendessen eine willkommene Ablenkung.
Ich habe schon erzählt, daß ich ungefähr zweimal im Jahr zu den Cockers zum Essen eingeladen werde, und es traf sich glücklich, daß gerade heute einer dieser Abende war. Wie gewöhnlich boten sie mir an, ihren Wagen zu schicken, wie gewöhnlich lehnte ich ab, weil ich der Unabhängigkeit mit Alberts Taxi den Vorzug gab; zwar verspätete er sich diesmal etwas, weil er in Ipswich auf einen Zug warten mußte, aber ich merkte es kaum. Ich hatte ja ausnahmsweise Zeit, Zeit für ein

Bad und dafür, mich manierlich und ansehnlich herzurichten. Oder sogar mehr als das, wie ich mir selbst schmeichelte, denn ich hatte auch noch Zeit, mein Haar (auf dem ich noch immer sitzen kann) zu einem schönen Knoten zu frisieren und zwischen der Jettkette und der Bernsteinkette, Erbstücke von meiner Mutter, zu wählen. Ich trug dann die Bernsteinkette, weil sie mein einziges Ausgehkleid (in Grau) kräftiger belebt. Es war wirklich schon lange her, seit ich irgendeine Art Toilette gemacht hatte: Albert sah mich ziemlich erstaunt, aber auch mit einigem Wohlgefallen an. »Eine nette Abwechslung«, bemerkte er und versprach, auf mich zu warten, auch wenn es etwas später als gewöhnlich werden sollte. Ich bedankte mich, sagte aber, daß es bei genau zehn Uhr bliebe.
Es war merkwürdig, auszugehen und das Haus im Dunkeln zurückzulassen – hinter keinem der Fenster brannte Licht, nicht einmal in dem Zimmer von Mrs. Brewer, die sonst einhütete. Aber es war auch, wie Albert gesagt hatte, eine nette Abwechslung. Vielleicht sollte ich doch Griechisch lernen, dachte ich.

11

Es lag an Alberts Verspätung, daß alle anderen Gäste schon versammelt waren, als ich den Salon der Cockers betrat: der Admiral, unser hiesiger Abgeordneter im Parlament und seine Frau, der amerikanische Oberst und – Cecilia.

Ich war völlig konsterniert und brachte es kaum fertig, mich bei meiner Gastgeberin zu entschuldigen und mich der Frau des Abgeordneten vorstellen zu lassen, ehe ich fragte, wo Antoinette sei.

»Im Bett natürlich!« sagte Cecilia obenhin.

»Im ›Woolmers‹?« fragte ich töricht.

»Wo sonst?« entgegnete Cecilia, verständlicherweise etwas ungeduldig. »Du brauchst dich nicht zu beunruhigen, meine Liebe, ich habe das Zimmermädchen bestochen – Jane, oder ist es Jessie? –, ab und zu nach ihr zu sehen...«

Natürlich kannte ich Jessie, sie war ein sehr nettes, freundliches Mädchen. Aber Antoinette kannte Jessie nicht. Wenn Antoinette in der Nacht aufwachte, würde das Gesicht von Jessie ihr genauso fremd sein wie alles andere um sie herum; und wenn sie in der Nacht aufwachte, brauchte sie unbedingt Beruhigung durch Vertrautes.

»Man muß einmal einen Anfang machen, wenn man weiterkommen will«, fuhr Cecilia fort, »selbst du wirst nicht die ganze Nacht an ihrem Bett gesessen haben.«

Aber genau das hatte ich in den ersten Wochen, die Antoinette bei mir zubrachte, gemacht. Mein erster Impuls war, auf dem Absatz kehrtzumachen und notfalls,

wenn mein Taxi schon weg war, den ganzen Weg von zwei Meilen bis zum »Woolmers« zu laufen. Dann fiel mir Antoinettes vollkommene Gleichgültigkeit bei unserem Abschied wieder ein, und ich fragte mich, ob Cecilias Methode schließlich nicht doch die richtige sei, und ich blieb. Es war wirklich ein höchst amüsantes Dinner. Das Essen (wie stets bei den Cockers) war exzellent und nicht rationiert, so daß man es sich ohne Schuldgefühl schmecken lassen konnte: auf grüne Erbsensuppe aus frischen jungen Erbsen folgten Lachsforellen mit frischen Kartoffeln und grünem Salat, danach gab es Pilze auf Toast.
Ich will nicht behaupten, daß die Unterhaltung vor Geist gesprüht hätte, aber sie war interessant. Ich hatte gar nicht gewußt, wie unterhaltsam Sir David sein konnte. Er und der amerikanische Oberst, zwischen denen mindestens drei Menschenalter der Kriegführung lagen, zu Lande, zur See und in der Luft, hatten beide viele Anekdoten zu erzählen – der Admiral von einem letzten Zusammenstoß mit Piraten bei Hongkong, der Oberst von Vorstößen tief in Feindesland hinein, sogar bis nach Berlin. Ich fand diesen Austausch ganz aufregend – als ob sich ein altes Panzerschiff einem Flugzeugträger durch Signale verständlich macht –, aber viel mehr hat mich die Entdeckung gefreut, daß die Frau des Abgeordneten genau wie ich eine große Henry James-Verehrerin war und ihn fast auswendig kannte. Wir waren gerade erst beim »Bildnis einer Dame« angelangt (War die kleine Tochter wirklich so einfältig, wie sie wirkte, oder nicht?), als die Pilze auf Toast serviert wurden.

Cecilia genoß die Party natürlich ebenfalls aus vollem Herzen. Sosehr die beiden Krieger auch in ihr Thema verwickelt waren, sie blieben sich der Gegenwart Cecilias voll bewußt. Wie hätte es auch anders sein können, da sie dem Fest Glanz und Anregung verlieh? An diesem Abend bemerkte ich zum erstenmal, daß der Admiral – es läßt sich nicht anders sagen – ein Auge auf Cecilia geworfen hatte.

Sie trafen sich natürlich täglich im »Woolmers«, aber er hatte sie bestimmt noch nie in ihrem tiefausgeschnittenen schwarzen Abendkleid aus Samt und mit den Brillanten an den Ohren gesehen. (Das Schwarz der Trauer ebenso wie die Brillanten waren ein Tribut an den überaus gütigen Ehemann.) So waren Sir Davids Blicke einer sozusagen über das übliche hinausgehenden Verehrung leicht erklärlich. Mir fiel plötzlich auf, daß auch Berechnung in ihnen lag. Ich will ihm keineswegs gewinnsüchtige Motive unterstellen, die hatte er bestimmt nicht – ihr Geld hielt ich eher für einen Hinderungsgrund –, aber ich konnte den Gedanken nicht loswerden, daß während einer nächtlichen Wache der (immer noch seetüchtige) Sir David mit dem Gedanken spielte, Cecilia zu seinem Weibe zu nehmen.

Cecilia ihrerseits flirtete weitaus heftiger mit dem amerikanischen Oberst. An des Admirals Stelle hätte ich das als gutes Zeichen genommen – ich bezweifelte allerdings, daß er überhaupt etwas von Frauen verstand. Und warum (dachte ich mir beim Salat) sollte Cecilia eigentlich nicht mit dem attraktiveren Mann flirten? Reich, schön und tonangebend in der New Yorker Society war sie schon jetzt. Was konnte der Admiral anderes bieten,

als sie zur Mylady zu machen? Dann fiel mir die Episode von dem gestohlenen Bukett der Lady A. ein, und ich gab Sir David die größere Chance ...
Alles in allem war es ein höchst interessanter und erfreulicher Abend. Ich ging aber doch um zehn, bevor man sich zum Kartenspiel niederließ. Die Cockers machten keinen Versuch, mich zurückzuhalten. Sie glaubten, ich könne bei ihren Einsätzen nicht mithalten; das stimmte, war aber keinesfalls die ganze Wahrheit. Ich habe schon immer gefühlt, daß ich einen besonderen Riecher für Karten habe, der bisher nur nicht richtig erprobt werden konnte – bei den harmlosen Whistspielen mit meinen Eltern und einem Kuraten, bei denen ich, so oft es ging, den Strohmann spielte. Ich hätte bei Crockford eine Guinea auf jede Karte setzen oder beim *chemin-de-fer* in Monte Carlo die Bank sprengen können – und das griechische Syndikat sollte sich nur in acht nehmen! (»Mon Dieu! Voila l'Anglaise!« hörte ich sie murmeln.) Die letzte Szene stand zu lebendig vor meinem inneren Auge, wie hoch (ihrer Ansicht nach) die Cockers und ihre Freunde also auch spielen mochten, ich schätzte ihre Einsätze nicht höher als Kaninchendreck, und damit konnte ich mich wirklich nicht abgeben.

2

Es hatte schon angefangen zu regnen, wie ich vorausgesehen hatte. Albert beglückwünschte mich, daß ich ihn bestellt hatte, als er mich an meiner Gartenpforte absetzte, und gab mir dann den guten Rat, vor dem Schlafengehen noch heißen Kakao zu trinken. Doch ich hatte bei den Cockers einen Brandy getrunken, und da nun Kakao nachzuschütten, wäre meinem lieben Vater als Blasphemie erschienen – wenn es nicht ein Glas Mineralwasser sein konnte, dann lieber einfaches Leitungswasser. Ich honorierte Alberts freundlichen Vorschlag aber dennoch mit dem ansehnlichen Trinkgeld von einem Shilling, etwas, was ich nicht immer tue. Ich war in rundherum angenehmer, aufgelockerter Stimmung. Dann fuhr er durch den Regen davon, ich kramte meinen Schlüssel hervor und ging heiter und beschwingt auf die Haustür zu.

Gegen eine Stufe geduckt wie ein kleines Tier, die Hände wie kleine Pfoten an die Türschwelle gekrallt, kauerte dort Antoinette. Sie mußte versucht haben, durch den Keller hineinzukommen, denn ihr Nachthemd und ihre Hausschuhe waren rußverschmiert. Sie trug weder Mantel noch Bademantel, und als ich sie hochnahm, merkte ich, daß sie bis auf die Haut durchnäßt war. Sie sagte nichts, preßte sich bloß an mich. Ich weiß nicht, ob sie überhaupt bei Bewußtsein war.

Ich trug sie hinein, und als ich sie gewaschen und warmgerubbelt hatte, steckte ich sie in eins meiner eigenen Flanellnachthemden und befolgte doch noch Alberts Rat, einen schönen heißen Kakao zu kochen. Dann brachte ich sie zurück.

Nichts ist mir in meinem ganzen Leben so schwergefallen. Aber wenn man es recht bedenkt: Hätte ein so total mißglückter Anfang nicht ihre ganze Zukunft beeinträchtigen können? Cecilia war ein erfolgsgewohnter Mensch, ein derart offensichtliches Versagen bei jeman-

dem, den sie besonders liebhatte, würde bestimmt Enttäuschung und Kummer in ihr hervorgerufen haben, vielleicht sogar Unwillen und Zorn. Ich hätte zwar eine Nachricht im »Woolmers« hinterlassen können, damit Cecilia, wenn sie bei ihrer Rückkehr ein leeres Zimmer vorfand, keinen Schrecken bekam, aber es blieb eine Tatsache: Antoinette war fortgelaufen. Sie war irgendwie hinausgekommen und durch Regen und Dunkelheit von ihrer Mutter fort- und zu mir zurückgelaufen. Zweifellos würde Cecilia sehr ärgerlich sein – und selbst wenn sich ihr Zorn gelegt hätte, würde es ihr sehr schwerfallen, diese Niederlage zu vergeben und zu vergessen. Deshalb brachte ich Antoinette zurück.
Ich war ziemlich sicher, daß niemand sie gesehen hatte. Man geht früh schlafen in unserem Dorf, und auch ein Kind braucht vom Hotel bis zu meinem Haus, obwohl es bergauf geht, nicht länger als zehn oder fünfzehn Minuten. Ich war sogar ganz sicher, daß sie keiner gesehen hatte, denn sonst hätte man sie angehalten. Da fiel mir ein, daß Cecilia von alledem nichts zu erfahren brauchte, wenn es mir gelingen würde, Antoinette unbemerkt zurückzubringen und ins Bett zu stecken, bevor Cecilia nach Hause kam. Deshalb brachte ich Antoinette zurück.
Sie wehrte sich wieder nicht – genau wie beim erstenmal. Glücklicherweise bin ich kräftiger, als ich aussehe: ich mußte sie nämlich tragen. – Es war noch immer vor elf Uhr, die Haustür des »Woolmers« war noch nicht abgeschlossen, aber ich kannte den Weg gut genug, um auch durch den Hintereingang hineinzukommen und über die Hintertreppe nach oben zu gehen. Der einzige

Mensch, dem ich begegnete, war Jessie. Sie hatte Anstand genug, tief beschämt zu sein, wenn sie auch beteuerte, daß sie das Kind nur einen Augenblick allein gelassen hätte. Außerdem habe es wie ein Lämmchen geschlafen. »Und sind nicht alle Einfältigen so etwas wie Schlafwandler? Es liegt in ihrer Natur, und sie tun sich nie etwas«, verteidigte sich Jessie. Ich hätte ihr eins hinter die Ohren geben mögen, aber so wußte ich wenigstens, daß sie dichthalten würde.
Ich zog Antoinette eins ihrer eigenen Nachthemden über und legte sie in ihr fremdes Bett – nicht ganz so fremd, solange ich daneben saß. Halb bewußtlos, wie sie war, schlief sie sofort ein. Ich blieb noch über eine Stunde bei ihr und beobachtete sie. Wahrscheinlich war ich viel länger auf den Beinen als die anderen Gäste der Cockers, denn erst, als ich weit nach Mitternacht den Admiral und Cecilia heimkommen hörte, schlich ich mich über die Hintertreppe und durch die Hintertür hinaus. Dann hatte ich noch die halbe Meile bis nach Hause zu gehen, ehe ich selbst ins Bett kam.

3

Ich hatte gewußt, daß Jessie nicht reden würde. Cecilia traf mich am nächsten Morgen in der High Street.
»Tony hat sich überhaupt nicht gemuckst!« triumphierte Cecilia. »Als ich um zwölf nach Hause kam, schlief sie genauso fest wie bei meinem Weggehen!«
Ich hätte einwenden können, daß es frühestens halb eins gewesen war, ließ das aber selbstverständlich bleiben. Ich war viel zu glücklich über meine gelungene List. (Ich

glaube, ich liebe den Erfolg genauso wie Cecilia!) Sie hatte offenbar weder den Tausch von Antoinettes Nachthemden bemerkt, noch vermißte sie Antoinettes Hausschuhe, die immer noch in meiner Küche trockneten und die ich am nächsten Tag über Jessie zurückschmuggelte.

12

Meine List war gelungen, allerdings nur zum Teil. Jede Nacht (als ob sie ihre Lektion gelernt hätte!) schlief Antoinette im »Woolmers«, aber jeden Morgen, sobald sie aufgewacht war, zog sie sich mit Mühe ihr Kleidchen über (meistens falsch herum) und marschierte den Berg hinauf zu meinem Garten. Cecilia merkte nichts davon, sie pflegte Schlaftabletten zu nehmen. Antoinette wachte wie gewöhnlich vor sechs auf und konnte leicht entwischen. Sie brauchte nicht einmal zu warten, bis die Eingangstür geöffnet wurde. So wie sie in meinem Haus den Zugang durch den alten Kohlenkeller entdeckt hatte, fand sie einen Durchschlupf in der Spülküche des »Woolmers«.
Ich bin selbst ein Frühaufsteher und saß gewöhnlich beim Frühstück, wenn sie erschien; wir teilten es, und dann brachte ich sie wieder zurück. Ich mußte versuchen, das »Woolmers« zu erreichen, ehe die Gäste auf waren. Der Admiral allerdings stand auch früh auf, und ein- oder zweimal begegneten wir ihm im Garten. Er sah uns beide scharf und blitzend an, sagte aber nichts. Ich glaube nicht, daß er es gewesen ist, der Cecilia von diesen Begegnungen erzählt hat. Ich glaube eher, es war die neu Angekommene, eine Miss Ponsonby mit sehr langer Nase, die vor dem Frühstück gern einen Spaziergang machte.
»Sollte das Kind nicht *hier* bleiben?« rief sie bei unserer zweiten Begegnung. »Wenn das die Mutter wüßte!« drohte Miss Ponsonby plump vertraulich. Ich muß sagen, der abgedroschene Schlagergag, der im Augenblick so

fehl am Platze war wie ihr oberes Gebiß, kränkte mich etwas. Ich bin sicher, sie war es, die mit Cecilia darüber gesprochen und dabei wahrscheinlich ähnlich vulgär gescherzt hat. Immerhin erfuhr Cecilia nichts von dem ersten verzweifelten Fluchtversuch ihrer Tochter – was ich mir noch als Pluspunkt anrechne –, aber sie wußte zweifellos von den morgendlichen Eskapaden. Wie im Falle des Kinderbettchens traf sie ihre eigenen Maßnahmen. Sie drehte einfach vor dem Zubettgehen den Schlüssel in der Schlafzimmertür herum. Dies hörte ich, über Mrs. Brewer, von Jessie, die sich bitterlich darüber beklagte, daß sie klopfen und klopfen mußte, ehe sie mit dem Morgentee eingelassen wurde. Manchmal hörte sie das Kind ganz nah auf der anderen Seite der Tür, sagte sie – aber Antoinette hatte nie gelernt, einen Schlüssel herumzudrehen; vielleicht hatte Cecilia ihn auch herausgezogen.
Ich sah Antoinette jeden Tag. Ganz bestimmt war es Cecilias Absicht gewesen, eine wundervolle Mutter zu sein, doch sie hatte keine Ahnung, wieviel Zeit das kostet. In New York waren zuerst Bridget und dann Miss Swanson dagewesen, nun lag die Verantwortung ganz allein bei ihr. Natürlich, sie hatte es so gewollt, aber doch wohl nicht den ganzen Tag lang. Was sollte sie zum Beispiel mit dem Kind machen, während sie Paul Amory für das Porträt saß? Und was machte sie wirklich? Sie setzte Antoinette in meinem Garten ab...
Etwas anderes, das Cecilia auch nicht bedacht hatte, war Antoinettes Fremdheit in diesem ganzen Milieu. Nur wenige Kinder sind, was man Hotel-Kinder nennen könnte – das heißt ruhig bei Tisch, höflich zu Fremden,

Kinder, die ihren Eltern nur Ehre machen, weil sie zwar gesehen, aber nicht gehört werden (es sei denn, man richtet eine Frage an sie) und jede ungebührliche Vertraulichkeit mit dem Liftboy vermeiden. Mit solchen – zum Glück seltenen – Musterkindern hatte Antoinette absolut nichts gemein. Ihr Stummsein, kaum von kindischem Gebrabbel zu unterscheiden, muß weniger als Vorzug, sondern als Mangel erschienen sein. So verkündete Miss Ponsonby, wie mir Jessie erzählte, vor allen Leuten die Vermutung, das Kind sei völlig stumm – das stimmte ja auch in gewisser Weise, aber das zu hören, war Cecilia nicht gerade angenehm. Cecilia hatte mein volles Verständnis, als sie daraufhin Miss Ponsonby eine Abfuhr erteilte und sogar einen anderen Tisch verlangte, um dem Klappern des Ponsonbyschen Gebisses zu entrinnen. (Eine übertriebene Gereiztheit, wenn man bedenkt, wie Major Cochran unter Cecilias Einfluß die ganze Reise nach Ipswich auf sich nahm!) Es war natürlich Miss Ponsonby, die den Tisch wechselte, und bald danach wechselte sie auch ihr Quartier. Cecilia blieb weiterhin verstimmt, was vielleicht auf die Anteilnahme eines gutmütigen Mitgastes zurückzuführen ist, der nämlich bemerkte, daß Kinder in Antoinettes Alter häufig mürrisch seien. (Das kam wieder von Jessie, leider; sie hatte es gehört, als sie beim Tee bediente.) Auch eine bloß mürrische Tochter trug nichts zum Ruhm Cecilias bei; zwar war sie sorgsam darauf bedacht, jedermann wissen zu lassen, wie sehr es dem Kind jahrelang an Liebe gefehlt hatte, aber peinlich war es ihr bestimmt trotzdem.
So verbrachte Antoinette nicht nur die meisten, sondern alle Vormittage bei mir. Es hätte ganz wie früher sein

können, aber ach, Antoinette hatte sich schon verändert. Sie war auf ihre Art ein bemerkenswert unabhängiges Kind gewesen, früher hätte sie sich ohne viel Umstände davongemacht, um sich irgendwo hinzuhocken und nachzugrübeln, jetzt wartete sie – auf Erlaubnis. Wenn ich nicht sagte: »Antoinette, willst du nicht einmal nach den Artischocken sehen?« blieb sie genau dort, wo Cecilia sie abgesetzt hatte – gewöhnlich auf dem Rasen, und manchmal auch gleich hinter der Gartentür. Später wartete ich nur auf Cecilias lustiges Signal: »Juhu, Schatz! *Nous voilà*!« und holte Antoinette sofort in den Garten, aber dann lief sie, wie gesagt, nur auf meinen ausdrücklichen Vorschlag zu ihren gewohnten Schlupfwinkeln.
Erst nach einigen Tagen begriff ich, daß Antoinette auch extra eine Erlaubnis brauchte, um ins Haus zu kommen, ja sogar, um nach oben zu gehen. (Dann wurde mir klar: In keinem Hotel, nicht einmal in einer Pension, sieht man es gern, wenn die Gäste vor dem Mittagessen oben bleiben. In dieser Zeit werden die Zimmer gemacht.) An einem Vormittag wartete Antoinette, als ich drin und sie im Garten war, trotz eines schweren Regengusses erst auf meine Aufforderung, ehe sie hereinkam.
»Und geh, wohin du magst!« fügte ich hinzu – wie überflüssig noch vor ein paar Wochen!
Gewöhnlich setzte ich mich bei Regenwetter an meinen Schreibtisch, um Rechnungen zu begleichen und meine Banksachen zu erledigen – und nach einer so langen Schönwetterperiode, wie wir sie gerade genossen hatten, war ich mehr als im Rückstand. Ich hatte dennoch ein wachsames Ohr auf Antoinettes Tritte über mir und war auf das dumpfe Geräusch des umhergestoßenen

Weidenbootes gefaßt. Doch nach einer Weile war alles still, und noch ein paar Minuten später unterbrach ich meine Überweisung für die Gaswerke und ging hinauf.

Sie stand regungslos im Schlafzimmer, das wir so lange miteinander geteilt hatten, und starrte auf ihr abgebautes Bettchen. Es war noch nicht abgeholt worden, den Damen vom Frauenverein war es damit nicht eilig, und Kevin, ihr verläßlicher Helfer, hatte offenbar andere Dinge im Kopf. So stand es also noch immer da in seiner Ecke, ein Bündel von Stäben, und Antoinette stand davor und schaute es unverwandt an.
Als ich hereinkam, drehte sie sich um, und mit der Höflichkeit eines Gastes, der befürchtet, zu neugierig gewesen zu sein, ging sie zum Fenster und sah hinaus. In der Nische hinter meinem Toilettentisch stand, gegen den Treppenabsatz gelehnt, noch immer der Deckel des großen Lederkoffers. Er hatte schon so lange dort seinen Platz, daß er mir wie ein Möbelstück vorkam und ich ganz vergessen hatte, ihn an seinen eigentlichen Platz zurückzubringen. Antoinette stand dicht neben ihm, aber sie berührte ihn nicht, noch sah sie ihn an. Hatte sie es vielleicht vorher schon getan?
»Ah, da ist ja dein Boot!« sagte ich. »Hast du keine Lust zu einer Ruderpartie?«
Kaum hatte sie meine ausdrückliche Erlaubnis, begann Antoinette schon heftig daran zu zerren; ich half ihr, denn das Lederkoffer-Weidenboot war recht schwer. Aber bevor wir es richtig flott hatten, wurden wir von einem der fröhlichen Hallorufe Cecilias unterbrochen, die auf dem Rückweg ihre Tochter zum Mittagessen im

»Woolmers« abholen wollte. Es war schon ein wenig spät, aber Paul Amory kam auch nicht viel früher zu seinem Essen, das Betty für ihn warm hielt.

2

Ich kann nicht behaupten, daß ich rein zufällig Zeuge einer dieser Sitzungen geworden bin, obwohl der Zufall eine Rolle spielte. Normalerweise wäre weiter nichts dabei gewesen, es ist bezeichnend für alle Amateurmaler, daß sie nichts dagegen haben, wenn man ihnen zusieht, und Paul Amory hatte es sogar gern, wenn die Leute stehenblieben und mit ihm redeten, während er die Bleistiftskizze eines Rotdornbaums mit Rosa oder ein paar Schornsteinröhren mit Rot ausmalte. (Rot war seine Lieblingsfarbe.) Aber bei Cecilias Porträt war das etwas ganz anderes – diese Wandlung war ebenso deutlich wie der Wechsel von Wasserfarben zu Ölfarben. Paul ließ jedermann wissen, er wolle weder beobachtet noch angesprochen oder sonstwie abgelenkt werden bei der Arbeit an einem so wichtigen Auftrag, der, wie er sagte, sein ganzes Leben verändern könne. So wurde das Garagen-Atelier (jeder hatte Paul gerne und wünschte nur sein Bestes) als Sperrzone respektiert, und nicht einmal Betty versuchte einzudringen.
In meinem Fall spielte der Zufall eine Rolle, da Bobby Parrishs nächster schlimmer Anfall mit der Geburt von Mrs. Brewers jüngstem Enkelkind zusammenfiel. Wie schlecht Mrs. Brewer mit ihrer Schwiegertochter auch stand, sie wußte, wann sie gebraucht wurde. Nachbarschaft rangierte erst an zweiter Stelle hinter Familien-

banden und kam, wie ich finde zu Recht, auch erst nach den Ansprüchen eines Arbeitgebers. Es stärkte meine ohnehin gute Meinung von ihr, daß sie zwar nicht versprach, zu Ende staubzusaugen, aber wie selbstverständlich bei Antoinette blieb, während ich fort war. Ich mußte unbedingt zu Jessie und ihr eine Mitteilung überbringen – *Wieder einmal Bobby – Es ist besser, wenn du nach ihm schaust.* Als ich vorgeschlagen hatte, Mrs. Brewer sollte die Nachricht überbringen, ich wollte zu Hause bleiben, war ihre unerklärliche Antwort gewesen, nie würde sie die Schwelle des »Woolmers« überschreiten, das habe sie ihrem Vater gelobt. Später entdeckte ich den Grund: Die Köchin hatte ihm nämlich für einen Korb mit drei Dutzend Salatköpfen eine halbe Krone geboten. Aber wie gesagt, das erfuhr ich erst später, und damals fand ich Mrs. Brewer unvernünftig. Ich brachte also Jessie die Nachricht, der Bequemlichkeit halber durch die Hintertür, die sich gegen die alten Stallungen öffnete. Die waren inzwischen in eine Reihe Garagen umgewandelt worden, und eine von ihnen nunmehr in ein Atelier.

Von diesem Punkt an wirkte nicht mehr der Zufall, sondern meine Neugier. Ich konnte durch die offenstehenden Türen gerade die Silhouette eines Rollstuhls erkennen, deshalb bewegte ich mich lautlos (um nicht gehört zu werden und so eine Störung zu verursachen) nach vorn und warf durch das nächstgelegene Seitenfenster einen Blick hinein.

Das saß Paul, die Staffelei auf einem Spieltisch rechts vor sich, während Bettys Marmorplatte mit ausgedrückter Farbe, Terpentintöpfen, alten Lappen und einem Ge-

fäß für die Pinsel einen ganz professionellen Eindruck machte. Ihm gegenüber, auf einem niedrigen Podest aus einer ausgedienten Matratze in einem hochrückigen alten Stuhl, saß Cecilia.
Nie werde ich vergessen, wie schön sie aussah.
Sie trug den Kaftan, über dessen lavendelfarbenen Falten eine schwere Amethystkette hing, die so geschlungen war, daß sie zwischen ihren Brüsten eine kleine Vertiefung eindrückte. Auch ihr Kopf war ein wenig nach unten geneigt; wie ich schon sagte, Cecilia trug ihren Kopf sonst hoch und aufrecht auf dem schlanken Hals, wie eine Blüte auf ihrem Stengel. Ob sie oder Paul diese neue Pose erfunden hatte, wer kann das sagen, aber es war zweifellos hinreißend verführerisch. Und mit Sicherheit war sie ein wunderbares Modell; während der ganzen Zeit, die ich ihnen zusah, rührte sie sich nicht. Aus irgendeinem Grunde ließ sie mich an eine Sonnenbadende in gleißender Sonne denken. Dann schaute ich durch mein Astloch, um es einmal so zu nennen, auf Paul, der, ganz in seine Arbeit versunken, den Pinsel einen Augenblick lang absetzte und Cecilia anblickte.
Natürlich brauchen alle Porträtmaler hin und wieder eine Pause, um ihr Modell zu studieren und sich einzuprägen, aber ich zweifelte, ob Paul überhaupt etwas studierte. Er sah Cecilia einfach an, wie ein Mann eine schöne Frau ansieht, während Cecilia »saß« und sich in seinen Blicken sonnte ...
Keiner von beiden bemerkte mich, nicht einmal, als ich mich an den geöffneten Türen vorbeischlich (ich schmeichele mir, einen für mein Alter sehr leichten Schritt zu haben). Dabei hatte ich Gelegenheit, auch noch einen

Blick auf die Leinwand zu werfen. Aber leider war nur allzu klar, daß sein erster Versuch im Porträtmalen wieder eine Kleckserei werden würde, genau wie alle seine Landschaften bisher. Als ich darüber nachdachte, hatte ich beinahe soviel Mitleid mit ihm wie mit Bobby Parrish.

3

Der arme Bobby Parrish! Jessie hatte, sobald sie konnte, nach ihm geschaut und erleichtert festgestellt, daß er seinen Anfall recht schnell überwunden hatte und sich nun auf dem Sofa ausruhte. Aber als seine Mutter ihm dann einmal kurz den Rücken gekehrt hatte, war er aufgestanden und davongelaufen, hatte sich seine Taschen mit Steinen gefüllt und war mit den Füßen voran in einen Kanal geglitten.
Wie immer, wenn es sich um eine unangenehme Pflicht handelt, rief man mich, damit ich Mrs. Parrish die böse Nachricht überbringen sollte. Sie verlor völlig die Fassung und machte keinerlei Anstrengungen, ihren Kummer und die Tränen zu bezwingen. (Als sie an meiner Schulter schluchzte, fühlte ich mechanisch in meiner Tasche nach einer Papierserviette, aber Antoinette brauchte schon seit langem keine mehr, deshalb mußte ich statt dessen ein Taschentuch mit Monogramm anbieten.) Mrs. Parrish schluchzte an meiner Schulter, bis auch das andere Linnen, das von meiner Bluse, so naß an mir klebte wie Voile bei einem verregneten Gartenfest. Endlich richtete sie sich mit den immer trostreichen Worten »Ich habe es gleich gesagt« wieder auf.

»Habe ich es nicht wieder und wieder gesagt«, schluchzte Mrs. Parrish, »immer wieder habe ich ihnen gesagt, Ipswich ist doch nichts nütz. ›Lassen Sie ihn doch in Frieden zu Hause‹, habe ich gesagt, ›er ist doch bloß etwas überspannt.‹ – ›O nein‹, sagten sie, ›ab nach Ipswich zur Spezialbehandlung!‹«

»Er war aber wenigstens den ganzen Frühling über zu Hause«, sagte ich beschwichtigend.

»Ja, aber er hätte doch wieder zurück gemußt«, erwiderte Mrs. Parrish, »und ich sah doch, wie ihn das bedrückte. Ich erzähle es niemandem, nur Ihnen, weil Sie sowieso schon Bescheid wissen, aber sein Onkel Saul hat sein halbes Leben ›auf Urlaub‹ verbracht.«

Natürlich wußte ich Bescheid. Es gibt nur wenig Geheimnisse in der Gemeinde, die einer Pfarrerstochter verborgen bleiben. Die Analogie beeindruckte mich sehr, es war durchaus möglich, daß sie stimmte: Bobby hatte sich nur auf Urlaub vom Hospital gefühlt. Mrs. Parrish tat mir sehr leid, und ich tröstete sie, so gut ich konnte, indem ich ihrem Weinen und Klagen eine Stunde und zwanzig Minuten zuhörte, bevor ich nach Hause ging und mich von Kopf bis Fuß umzog.

Niemand konnte es dem armen Bobby verdenken, und der Untersuchungsrichter war vernünftig genug, ein Auge zuzudrücken und von »Tod durch Unglücksfall« zu sprechen.

13

Juni und Juli sind auf dem Lande die Monate der Geselligkeit. Es wurde eine Cocktail- oder Sherry-Party nach der anderen gegeben. Cecilia erfreute sich all der Erfolge, die ich ihr versprochen hatte, und Antoinette wurde nicht nur an den Vormittagen bei mir abgegeben, sondern auch zwischen Tee und Abendbrot – Cecilia war wirklich sehr begehrt. Oft genug ließ sie sich nach einer Party noch überreden, statt ins »Woolmers« zurückzukehren und Hackbraten zu speisen, im »Crown and Sceptre« Ente zu essen; dann durfte ich für Antoinettes Abendbrot sorgen. Kurz, als einige Wochen des Hin und Her zwischen mütterlichen und gesellschaftlichen Pflichten vergangen waren und Antoinette bei Gelegenheit eines Hühnerfrikassees ihr Schweigen mit dem Wort »Maden!« gebrochen hatte, gab Cecilia großmütig zu, daß es wohl doch ein Fehler gewesen war, ihre Tochter mit ins »Woolmers« zu nehmen.

2

»Es war ja nur, weil ich mich so danach sehnte, mein Kleines ganz für mich zu haben«, erzählte sie Mrs. Gibson (die es mir weitererzählte). »Außerdem...«
Das »außerdem...« sollte bedeuten, daß ich ihrer Meinung nach einen schlechten Einfluß hatte. Darum wiederholte meine Freundin, die Pfarrfrau, dies noch einmal und erklärte obendrein, Cecilia habe sich nicht von reinem Besitzanspruch leiten lassen; ich nehme an, mir war anzusehen, was ich dachte.

»Nicht, daß ich selbst dieser Meinung wäre«, setzte Mrs. Gibson eilig hinzu, »*schlecht* gewiß nicht. Und ich bin sicher, Cecilia hat schlecht nicht in einem *bösen* Sinn gemeint! Sie hatte wohl nur das Gefühl, Sie verwöhnten das Kind, indem Sie ihm zu sehr nachgeben und es zu sehr seine eigenen Wege gehen lassen. Sie erinnern sich, sie ist nie zum Kindergottesdienst gekommen.« Pfarrersfrauen haben ein gutes Gedächtnis. Mrs. Gibson und Cecilia mußten, wie die Franzosen sagen, ein paar sehr angenehme Augenblicke miteinander verbracht haben. Ich war weder verwundert noch ärgerlich: eine Freundin ist schließlich ein viel geeigneteres Objekt zum Auseinandernehmen als ein Feind. Mich wunderte in diesem Zusammenhang lediglich, daß Cecilia mich erst heute morgen gebeten hatte, Antoinette zurückzunehmen – und großmütig eingestanden hatte, den schlechten Einfluß des Hotellebens auf ein Kind nicht bedacht zu haben. (Schlecht natürlich nicht in *bösem* Sinn, sondern es war, wie Cecilia erklärte, einfach zu ungemütlich dort.)

»Aber sie scheint willens, mir Antoinette aufs neue anzuvertrauen«, stellte ich fest.

»Meine Liebe, wo sollte das Kind sonst hin?« sagte Mrs. Gibson naiv. »Bis Cecilia sie mit nach Amerika nimmt, wo sie dann, wie sie sagt, wirklich beieinander sein werden und Antoinette in richtige Behandlung kommt, wo sollte das Kind sonst solange hin?« Ich erwiderte, ich hätte keine Ahnung. – Aber wieder muß mir anzusehen gewesen sein, was ich dachte, denn meine Freundin versicherte eilig, jedermann im Dorf wisse ja, welche Wunder ich an dem Kind vollbracht hätte, nur sei Cecilia eben nicht dagewesen, um es zu sehen.

»Nein«, stimmte ich zu und dachte an all die vor kurzem eingesammelten Papierservietten. »Das war sie nicht.«
»Wenn sie vielleicht nicht richtig ermessen kann, wieviel Dankbarkeit sie Ihnen schuldet«, fuhr Mrs. Gibson eindringlich fort (keiner beherrscht den diplomatischen Seiltanz zwischen einem Kirchensteuer zahlenden Gemeindemitglied und einem Spendenwilligen, der für die Wiederherstellung der Kirche stiftet, so perfekt wie eine Pfarrersfrau!), müssen wir ihr dann nicht vergeben?«
»Gewiß«, pflichtete ich bei und fügte im Geist hinzu: ›wenn man von Berufs wegen vergibt!‹ Mann und Frau sind ein Fleisch, und der Pfarrer predigte jeden Sonntag Vergebung – ich habe aber bei mir so meine Zweifel, ob ich überhaupt eine Christin bin, abgesehen davon, daß mir die Taufhandlung zuteil wurde. »Und alles übrige finden Sie richtig«, fuhr ich fort, »die Sprachtherapie, die Psychoanalyse und all das?«
Es interessierte mich wirklich. Mrs. Gibson hatte eine traditionsgemäß große Pfarrfamilie mit Erfolg aufgezogen, und ich war bereit – oder hoffte es zumindest –, ihre Meinung respektvoll anzuhören und, wenn sie positiv ausfiel, mich dadurch auch beruhigen zu lassen. Aber sie wich aus wie alle Fachleute, wenn man zur Sache kommt.
»Meine Liebe, *Cecilia* ist doch die Mutter des Kindes, nicht wahr?« sagte Mrs. Gibson.
Das war nun keineswegs eine Beruhigung. Aber daß Antoinette, weil sie den größten Teil des Tages bei mir verbringen durfte, auch wieder nachts bei mir blieb, das beruhigte mich sehr.

3

Zum Glück hatte der Frauenverein sein Kinderbett immer noch nicht abholen lassen. So schraubten und steckten Mrs. Brewer und ich es wieder zusammen, und als es sicher und fest dastand, bauten wir die Klavierschemel-Verlängerung wieder an und richteten alles so her, damit Antoinette wie gewöhnlich hineinklettern konnte.
»Siehst du, nun bist du wieder in deinem eigenen Bettchen«, sagte ich zu ihr.
Antoinette wartete. Ich erriet sofort, welche Worte sie noch hören wollte, es war: »für immer«. Doch wie konnte ich sie aussprechen, ohne daß ihr Ohr den falschen Ton entdecken würde? – Ich wußte ja, daß uns beiden eigentlich nur ein Aufschub gewährt war! Nachdem Antoinette noch ein paar Augenblicke gewartet hatte, fing ich mit dem Vaterunser an.
Beim »Amen« war die Reihe an mir, auf Antoinettes Antwort »Maden« zu warten – sie blieb aus. Vielleicht hatte man sie nach dem Mißverständnis mit dem Hühnerfrikassee ausgeschimpft, dachte ich mir. Jedenfalls war »Maden« vollkommen aus Antoinettes Vokabular verschwunden. Sie hatte fünf Worte mit ins »Woolmers« genommen und kam mit vieren zurück. »Hallo, hast du immer noch in deinem Rucksack Pfeffer und eine Terrine?« Ich bemühte mich, ihre Erinnerung zu wecken, und prompt sagte Antoinette mir ihr »Pfeffer« und »Terrine« auf. Jedes neue Wort schien außerhalb ihres Fassungsvermögens zu liegen; als ich zum Beispiel »Maden« durch »schön« ersetzen wollte, verschloß sie ganz offensichtlich die Ohren.

In gewisser Hinsicht war ich froh: wenn ich auch nicht
»für immer« hatte sagen können, so gab es doch An-
zeichen dafür, daß sie sich noch immer geborgen genug
fühlte: jenes Übermaß an Fügsamkeit, das mich so be-
drückt hatte, verlor sich allmählich wieder.

4

Cecilia hatte sich selbstverständlich vorgenommen, jeden
Tag hereinzuschauen, aber damals sahen wir sie nur
selten. Da waren ihre Vormittagssitzungen bei Paul
Amory, da waren die vielen Partys – und wenn es keine
geplante war, dann war es eine improvisierte in der Bar
des Swimming-pools auf Kosten unserer amerikanischen
Freunde, abwechselnd zwischen Peter Pennon und dem
Admiral. Der amerikanische Swimming-pool wurde
durch Cecilia zu einem Mittelpunkt englisch-amerikani-
scher Freundschaft. – Nicht, daß er dies nicht vorher
auch schon gewesen wäre: jedes Kind im Dorf, das am
Wochenende dort glücklich herumplanschte, war inzwischen leidenschaftlich pro-amerikanisch, aber irgendwie
machte Cecilia das alles erst deutlich. Einmal traf es
sich, daß sogar ich dort hingeschleppt wurde, von meinen
neuen Freunden, den jungen Pennons. Sie riefen mich aus
dem Garten herbei, weil sie mit dem Auto fuhren und
ich doch nicht zulassen konnte, daß sie das Benzin für
einen freien Platz verschwendeten. »Und Antoinette
auch«, rief Janice, »wenn sie auf Ihrem Schoß sitzen
will!« Auf dem Rücksitz saßen bereits die beiden älteren
Cocker-Kinder, die beide recht groß geworden waren.
Ich muß gestehen, ich war richtig gerührt; ich spürte

ganz deutlich, daß echte Sympathie Janice und Peter bewogen hatte, anzuhalten und mich einzuladen, deshalb fuhr ich mit.
Aber Antoinette nahm ich lieber nicht mit. Wie ich bereits sagte, hatte ich ihretwegen schon immer eine so eigentümliche Furcht vor dem Wasser gehabt. Außerdem hielt ich die Anwesenheit der kleinen Cockers nicht für gut. Sie hatten Antoinette einmal gedemütigt gesehen, ich wollte nicht, daß sich das wiederholen würde, weil sie nicht schwimmen konnte. Doch da ich allmählich einsah, wie schädlich es sein konnte, wenn sie allzusehr an meinem Schürzenzipfel hing und weil Mrs. Brewer noch im Hause war, fuhr ich mit.
Die Kinder rückten höflich zusammen und nahmen ihre Handtücher weg, um Platz für mich zu machen. Sie hatten unter ihren Pullovern und Shorts schon ihre Badeanzüge an. Peter und Janice übrigens auch. Ich nehme an, keiner von ihnen hat je in seinem Leben eine Umkleidekabine von innen gesehen. Ich selbst trug wie üblich meine Tweedsachen und erklärte, daß ich nur wegen der Fahrt mit ihnen gekommen sei.
»Schwimmen Sie nie?« fragte Janice neugierig.
»Nein«, sagte ich. »Ich kann nicht schwimmen.«
Natürlich waren alle sehr erstaunt, aber ich mochte nicht von meiner Bronchitis erzählen und ließ es dabei bewenden. – Beide Cocker-Kinder konnten selbstverständlich Brustschwimmen, Seitenschwimmen, Schmetterlingsstil und Unterwasserkraulen! Sie sprangen auch gleich am tiefen Ende mit zugehaltener Nase ins Wasser. Ich war sehr dankbar für Peters Unterstützung, als ich ihnen verbot, über die Kiesbank zu klettern und hinter Cecilia her in die Bucht hinauszuschwimmen!

Denn Cecilia war bereits draußen in der Bucht. Wenn ich ihr schlechtes Beispiel auch entschieden mißbilligte, ich mußte Sir David recht geben, daß es ein verdammt poetischer Anblick war.

Voller Anmut und leicht wie eine Wasserlilie oder eine Nixe ließ sich Cecilia mit der hereinkommenden Flut treiben. Sie trug keine Badekappe; ihr herrlich langes, leuchtendes Haar umschloß sie wie der schönste Tang: Sie sah aus wie eine Meerjungfrau, wie die Loreley oder die von Millais gemalte Ophelia, während in ihrem Gefolge und zu ihren Seiten Tritonen von der US-Luftwaffe sie zum Ufer zurück eskortierten...

Unter ihnen entstand ein Wettstreit, wer Cecilia beim Trockenreiben helfen durfte, ehe sie klappernd in Pullover und Hosen stieg. – Ich muß sagen, Cecilia schenkte Peter, Janice, mir und den kleinen Cockers herzlich wenig Beachtung, sie sah uns bestenfalls als Statisten dieser Szene an. Doch bevor sie davonfuhr, fand sie ein paar freundliche Worte für uns und dankte den Pennons besonders dafür, daß sie mir dieses Vergnügen bereitet hatten.

»Nur, wo ist mein Liebling, meine Tony?« fragte sie mich vorwurfsvoll. »Warum hast du Tony nicht auch mitgebracht?«

Ich wußte, daß die kleinen Cockers die Ohren spitzten, und war mit meiner Antwort auf der Hut.

»Sie hatte keine Lust«, sagte ich, »sie war zu beschäftigt...«

»*Beschäftigt?*« wiederholte Cecilia und verzog die schönen Augenbrauen.

»Mit dem Sezieren eines Frosches«, sagte ich.

Wenigstens für den Augenblick und wenigstens vor ihren Altersgenossen hatte ich das Gesicht von Antoinette wahren können. Cecilia lachte – sie wußte wohl, was ich da tat –, dann zog sie den Kopf ins Wageninnere zurück. Das lange nasse Haar in einen Handtuchturban geschlungen, glich sie nun einer Scheherazade. Nicht ein Cadillac hätte sie davontragen sollen, sondern eine Sänfte – oder Cinderellas Staatskarosse.

14

Im Juli hatte die Katzenminze, die ich (wenn auch zur Unzeit) geteilt hatte, nicht nur Wurzeln getrieben, sondern stand in einer vorsichtigen Blüte. Sie blühte natürlich nicht mit der gleichen buschigen Fülle wie die Mutterpflanzen, aber jeder dünne Stengel zeigte ein paar der charakteristischen blaugrünen Pünktchen. (Sonst hätte ich vielleicht vergessen, wo ich sie gepflanzt hatte!)
Meine Wicken blühten so üppig wie je, auch wenn sie wohl wegen der langen Dürreperiode weniger dufteten. So gewissenhaft ich sie auch bis zu den Wurzeln feucht hielt – meiner Meinung nach bringt nur Regenwasser den Duft der Pflanzen zur Entfaltung. Gewächshäuser, in denen zum Beispiel Nelken gezogen werden, riechen vor allem nach Topferde. Eine andere Pflanze, die ich ebenfalls wurzeltief wässerte, war meine spätblühende Klematis »Ville de Lyon«, deren dicke Knospen einen herrlichen burgunderroten Flor verhießen. Ich konnte nur hoffen, daß meine großen weißen Margeriten lange genug blühen würden, weil dieser Kontrast besonders hübsch war. Wenn es einen Zeitpunkt in meinem Gartenjahr gibt, den ich anhalten möchte, so ist es die Blüte meiner großen weißen Margeriten, die wie vestalische Jungfrauen den purpurroten Horden des Tarquinius (oder der Klematis »Ville de Lyon«) Trotz bieten. Man kann daran sehen, welche Erziehung ich genoß – ich kann sie nur empfehlen.
Wir waren glücklich genug, Antoinette und ich, zwar nicht so glücklich, wie wir es einmal gewesen waren, aber

doch glücklich genug. Sie nahm ein paar ihrer alten Gewohnheiten wieder auf – häufiger und länger als früher zog sie sich unter die Artischocken zum Grübeln zurück, bat mich indessen seltener, durch den besonderen und mir so wohlbekannten Blick, ihr beim Herausziehen des Weidenbootes zu helfen. Ihre Zuneigung schien sich auf den Koffer selbst übertragen zu haben, das große, ruhige, lederhäutige Tier, das am Treppenabsatz hauste; ich sah oft, besonders wenn sie sich unbeobachtet glaubte, wie sie daneben stand und es streichelte.

Wir waren glücklich genug: mich bekümmerte nur, daß sie keine Fortschritte mehr machte. Ich habe schon erzählt, wie sie um ein Wort ärmer aus dem »Woolmers« zurückgekehrt war und kein anderes als Ersatz lernen wollte. Und weil es mit ihren Reitstunden nun ein Ende hatte und sie die Cocker-Kinder nicht mehr zweimal in der Woche sah, ging ihr auch beinahe das »Hallo« verloren. Mrs. Brewer und ich retteten es, indem wir fortwährend »Hallo« zueinander sagten. »Hallo, ich gehe jetzt«, sagte Mrs. Brewer zu mir, oder »Hallo, ich habe das Huhn in den Topf gegeben«, und »Hallo, bis morgen«, entgegnete ich, oder »Hallo, wie spät ist es?« – und allmählich sagte auch Antoinette wieder »Hallo«. Doch so oft wir auch eine schöne Kehrschaufel, einen schönen Apfel oder den schönen Staubsauger priesen, Antoinette blieb auf dem Stand von vier Worten. – Nach einiger Zeit brachte mich ihre Liebe zu dem alten Überseekoffer auf eine neue Idee: nicht etwa in der Absicht, sie lesen zu lehren, sondern weil sie stets Freude am Klang eines Wortes hatte, las ich ihr die Worte auf den aufgeklebten Schildern vor: Delhi, Simla, Ootacamund.

»Delhi, Simla, Ootacamund«, sagte ich ihr vor, »Delhi, Simla, Ootacamund...«
Es klang wie eine Zauberformel. Ich war überzeugt, wäre mir diese List ein paar Monate früher eingefallen, Antoinettes Vokabular würde sich auf sieben Worte erweitert haben. Nun war es offenbar zu spät. Als ich ihr vorsagte: »Pfeffer, Antoinette?« gab sie gehorsam »Pfeffer« zurück und »Terrine« auf »Terrine«. »Rucksack?« lockte ich.
»Rucksack«, wiederholte Antoinette.
Aber wenn »Ootacamund, Antoinette?« an der Reihe war – was nicht schwerer auszusprechen und in sich voller Reiz ist – auf »Ootacamund, Antoinette?« kam von ihr nur: »Hallo«.
In Augenblicken der Resignation glaubte ich, ich hätte genausogut versuchen können, dem Koffer etwas beizubringen. Einen Moment lang hielt ich ihn selbst fast für ein Lebewesen, ich hatte das Gefühl, als würden mich die beiden Messingschloß-Augen ironisch ansehen. Doch wie entmutigt ich auch war, ich wollte das Kind nicht zu quälenden Wiederholungen drängen, deshalb kamen wir immer seltener auf das Experiment zurück, und es blieb bei dem Vokabular von vier Worten.
Ich träume selten, aber es muß im Traum gewesen sein, daß ich in mehreren darauffolgenden Nächten die Worte hörte: »Ootacamund, Delhi, Simla« und dann »Delhi, Simla, Ootacamund«, von einer tiefen, ledernen Stimme gesprochen.

2

Unterdessen malte Paul Amory weiter an Cecilias Porträt, man muß schon sagen, er malte aus Leibeskräften. Oft kratzte er unter Anstrengungen wieder weg, was er gerade gemalt hatte, so daß die Leinwand ganz durchlöchert war – wie ich das entdeckte, werde ich später erzählen. Doch am nächsten Morgen grundierte er stets von neuem. Er arbeitete wie Penelope am Webstuhl. Ich bewunderte ihn ebenso wie Betty, deren Entbindung jetzt so nahe bevorstand, daß in der Ipswicher Frauenklinik bereits ein Bett für sie reserviert war. Wenn ich mit ihr auch nicht so eng befreundet war wie mittlerweile mit Janice Pennon, verstanden wir uns doch recht gut, und ich fand, sie nahm die Enttäuschung mit dem Kaftan erstaunlich gefaßt hin – wenn man bedenkt, daß Cecilia ihn bei den Porträtsitzungen trug. Betty sprach stets nur anerkennend von Cecilias Freundlichkeit, während der Admiral der Meinung war, sie sei bei weitem zu entgegenkommend.

3

Wir trafen uns vor dem »Chantry«, diesem seit jeher geheimnisvollen und lange verlassenen Haus auf halbem Wege am Berg zwischen dem »Woolmers« und meinem. (»Mein« bezeichnet im Sprachgebrauch East Anglias den ständigen Wohnsitz.) Sir David, an den Vormittagen unbeschäftigt, hatte sich selbst den Befehl erteilt, jeden Tag, ganz gleich, ob bei gutem oder schlechtem Wetter, bis zur Heide und zurück zu marschieren. Wir hatten

uns natürlich schon oft getroffen, waren aber bisher über einen Gruß oder die üblichen Bemerkungen zum Wetter nicht hinausgekommen. Diesmal blieb er jedoch stehen – nachdem er zugestimmt hatte, daß der Sommer weit vorgerückt war und man nach dem Sommer den Herbst erwarten müsse – und ich selbstverständlich auch.
»Ich weiß nicht, wie Sie darüber denken«, begann Sir David, »aber ich meine, Mrs. Guthrie verschwendet ihre Zeit, wenn sie diesem armen Teufel von Kurschneider Modell sitzt und den ganzen Vormittag in einer Garage eingesperrt ist, anstatt etwas für ihre Gesundheit zu tun.«
Ich hörte immer einen feinen Unterschied heraus zwischen dem »Mrs. Guthrie«, wie es der Admiral sagte, anstelle von »Cecilia«, und dem von Paul Amory. Bei Sir David klang es ganz natürlich. »Sie geht häufig zum Schwimmen«, sagte ich, mir war nicht ganz klar, was er mit dieser Unterhaltung bezweckte.
»Mit einem halben Dutzend weiterer Verehrer«, setzte der Admiral hinzu.
»Es ist natürlich kein Wunder, daß sie beliebt ist, aber es nimmt sie doch sehr mit, diese Leute zu unterhalten. Man sollte es nicht zulassen nach alldem, was sie dafür schon in New York hat bezahlen und büßen müssen. Erinnern Sie sich, wie sie die ersten beiden Tage nach ihrer Ankunft im Bett bleiben mußte?«
Ich erinnerte mich zumindest an die Nachricht, die angefangen hatte: »*Meine beiden Lieblinge ...*«, und an Mrs. Brewers Bemerkung, daß sie den Admiral bei uns in der Nähe gesehen habe. Nach einem so munteren Beginn, noch bevor er endgültig ein Auge auf sie gewor-

fen hatte (ich erinnere an die Dinnerparty bei den Cockers), hatte sich Sir David ein wenig als Favorit fühlen dürfen und mußte deshalb um so enttäuschter sein, als Cecilia sich in der Garage einsperrte, statt über die Heide zu wandern.
»Bei weitem zu entgegenkommend!« sagte der Admiral barsch und stieg weiter bergan.

4

»Und das Porträt?« fragte ich Paul ungefähr um dieselbe Zeit. »Wie kommt es voran?«
»Glänzend!« erklärte Paul.
Doch ich merkte, wie er log. Das heißt, ich wußte, daß er log. Ich war nicht nur Zeuge des kläglichen Unterfangens gewesen, ich hatte auch ein neues Dach auf dem Brewerschen Kaninchenstall bemerkt, aus bester Leinwand mit einigen Löchern allerdings, die aussahen, als wären sie durch das Kratzen mit einem Palettenspachtel entstanden. Die Leinwand kam von einem ansehnlichen Stoß, den Mr. Amory weggeworfen hatte, sagte Jessie. »Weggeworfen, Jessie?« fragte ich. Genaugenommen nicht, sagte Jessie, aber er hatte sie in der Garage einfach mit dem Gesicht zur Wand gestapelt, wo sie nun nutzlos herumstanden. Er brauchte sie nicht mehr. Und sie habe doch nur zwei genommen, fügte Jessie erstaunt hinzu. Sie hatte natürlich kein Recht, auch nur zwei zu entwenden; außerdem hatte ich sie im Verdacht, zusammen mit dem allgemeinen Aufwasch des »Woolmers« auch Paul Amorys Pinsel auszuwaschen – wie hätte sich Miss Ponsonbys Beschwerde sonst erklären lassen, daß sie Haare,

anscheinend wenigstens keine menschlichen, am Tellerrand gefunden hatte? Jessie und Mrs. Brewer waren immerhin anständig genug, ihre Beute von links, mit der leeren Seite nach oben, aufzunageln und weder den Künstler noch das Modell bloßzustellen, sozusagen. Wenn ich auch nicht sicher bin, ob das aus Feingefühl oder Furcht vor Entdeckung geschah.

15

Wie Sir David und ich gemeinsam festgestellt hatten, war der Sommer weit vorgerückt und nun bald mit dem Herbst zu rechnen. Cecilia schien sich völlig zu verausgaben, wenn sie unsere galanten Verbündeten am Swimming-pool unterhielt, und ich versuchte gar nicht erst, sie davon abzubringen. Im Gegenteil: ich war sehr froh, daß sie im August und September diese Gelegenheit hatte, denn in diesen Monaten pflegt die gesellschaftliche Aktivität mehr und mehr einer allgemeinen Faulheit Platz zu machen, wie jeder Landbewohner weiß. Kein Garten ist um diese Zeit besonders reizvoll, und deshalb gibt natürlich auch keiner ein Gartenfest. Das letzte Fest im Freien fand im August statt – es brachte uns den herbeigesehnten Regen –, aber danach war bis Weihnachten nichts an offiziellen Festivitäten in Sicht. (Den Guy-Fawkes-Abend rechne ich nicht mit, obwohl in diesem Jahr ganz besonders gefeiert werden sollte, schließlich hatte wegen der Verdunkelungen lange Zeit dieses Fest ganz ausfallen müssen.) Auf diese Zeit der Vergnügungen, mit denen Cecilia in der Heimat willkommen geheißen wurde – sie hatte freilich selbst viel dazu beigetragen, sie ins Leben zu rufen –, folgte eine für uns sehr typische Periode ländlicher Ereignislosigkeit. Cecilia hatte aber immerhin den Swimmingpool, um der schlimmsten Langeweile zu entgehen, und ich fürchtete, der Admiral mußte mich für eine falsche Freundin halten.
Allerdings wurde er bald der Sorge enthoben, daß Cecilia den ganzen Vormittag in der Garage eingesperrt

wäre. Am vierten September fuhren Peter und Janice Pennon Betty nach Ipswich in die Frauenklinik und brachten sie am elften mit einem acht Pfund schweren Sohn zurück.

2

Das ganze Dorf freute sich. Nie wurde eine Geburt so gefeiert, und nie hat es einen so umjubelten Vater gegeben wie Paul Amory. In heidnischen Zeiten hätte man seinen Rollstuhl vielleicht mit Weizengarben geschmückt oder gar Opferböcke davorgespannt. Betty rangierte erst an zweiter Stelle, aber sie und Janice, ihre neue Busenfreundin, kicherten zusammen und machten sich nichts daraus.
Das alles bedeutete, daß das Porträtmalen für eine Woche ausgesetzt wurde. Paul fuhr nicht selbst nach Ipswich, und vom vierten bis zum elften hatte er wirklich verbissen gearbeitet – um seine Gedanken von Betty abzulenken, wie er sagte. Das erzählte er jedem, auch Cecilia. – Jessie trieb sich ohne Zweifel etwas zu oft in der Nähe des Garagenateliers herum, sei es, um zu spionieren oder um zu klauen, eins ist so schlimm wie das andere, und spionieren, während man auf eine Gelegenheit zum Klauen wartet, ist ein doppeltes Vergehen. Jessie hatte durch Horchen oder auch so mitangehört, wie Mr. Amory geradeheraus zu Mrs. Guthrie gesagt hatte, er müsse seine Gedanken einfach ablenken, und das erzählte sie Mrs. Brewer, die es mir weitersagte.
Ich war bereits zur Mitschuldigen an dem Vergehen geworden, weil ich Mrs. Brewer nicht das Wort abschnitt, sondern fragte, wie Mrs. Guthrie darauf reagiert habe.

»So süß wie Honig«, berichtete Mrs. Brewer. »Jessie sagt, genau wie im Kino. Sie erhob sich von ihrem Sessel und legte ihm zum Trost die Hand an die Wange, dann sagte sie ihm, wie gern sie Patin und dem Kind ihren Namen geben würde. Hallo«, fügte Mrs. Brewer noch automatisch hinzu.

Nach Bettys Rückkehr ließ Paul eine Woche lang zugunsten der Vaterfreuden seine künstlerische Karriere im Stich und widmete sich, wie ich sagen muß, ganz seiner Familie.

Nicht, daß man ihn unbedingt gebraucht hätte, Janice war tagsüber da, und auch jede andere Frau im Dorf hätte gern geholfen; in Wahrheit war er eher im Wege, aber Betty blühte auf wie eine Rose. So gab es also eine Pause, ehe die Sitzungen wiederaufgenommen wurden.

Selbstverständlich kam Cecilia, um das Baby zu sehen, und sie brachte Treibhaustrauben und ein Spielzeuglämmchen aus Kaschmirwolle mit. (Meinem Gesicht war wahrscheinlich anzusehen, daß ich es kannte, während sie mich ganz beiläufig daran erinnerte, daß Antoinette einmal ein sehr hübsches Täschchen gehabt hatte, viel zu schade zum Verlieren.) Ich war nämlich zufällig gerade selbst bei den Amorys und unterhielt mich mit Peter und Janice, die auch da waren, über die hochwichtige Angelegenheit der Namenswahl. Das Baby war beinahe im Pennonschen Auto zur Welt gekommen, deshalb waren wir alle für »Peter«, außerdem paßt dieser Name gut zu Amory, Janice sah bereits PETER AMORY in Leuchtschrift über dem West End Theater, wo er den Hamlet spielen sollte. Oder den Romeo oder Othello oder Peter Pan oder Charlies Tante. Selbst wenn aus dem winzigen, sich windenden Etwas auf Bettys Schoß bloß ein Premierminister oder der Generaldirektor der Bank von England werden sollte, wir stimmten alle darin überein, Peter Amory würde allen Ansprüchen gerecht werden. – Es war eine lustige, absichtlich alberne Diskussion – Betty und Janice waren damals, wie gesagt, ohnehin bereit, über alles zu lachen – so lange, bis wir uns durch Cecilias graziösen Eintritt unseres Verhaltens bewußt wurden. Peter Pennon, der wie ein Fisch an Land auf dem Fußboden zappelte (ursprünglich, um Ophelia zu mimen), stand sofort auf, Paul, der die Taufzeremonie mit einem Paar langer Unterhosen als Stola probte, riß sie hastig herunter. Betty und Janice hörten auf zu lachen.

»Das Schäfchen, das Püppchen!« flötete Cecilia. »Wie soll er denn heißen?«

Ich war gespannt auf Pauls Antwort. Nur er und ich wußten von Cecilias Wunsch, Patin zu werden, den sie ausgesprochen hatte, damals als sie ihm die Hand an die Wange legte. Was mir Gewißheit gab, daß er Betty nichts davon gesagt hatte, kann ich nicht sagen, aber ich war ganz sicher. Allerdings wußte Paul nicht, daß ich davon wußte, in dieser Hinsicht brauchte er also keine Hemmungen zu haben. Ich wartete daher mit einiger Neugier, denn hier bot sich ihm die einmalige Gelegenheit, »Cecil« vorzuschlagen. Ich bildete mir ein, zu sehen, wie ihm die Erinnerung an die Szene in der Garage und der Gedanke durch den Kopf schoß – er war freilich schon vorher rot geworden, als er die Unterhosen weggetan hatte. Ich sah ihn an, Cecilia gleichfalls, sie lächelte erwartungsvoll. Da sagte er laut und deutlich: »Peter.«

»Er war ja auch verdammt nahe daran, in meinem Auto zur Welt zu kommen«, erklärte Peter Pennon.
»Und paßt es nicht gut zu Amory?« sagte Betty.
»Ja, wirklich«, pflichtete Cecilia bei, aber ihre Augen waren noch immer auf den Vater des Kindes gerichtet.
»Also einfach Peter?«
»Einfach Peter«, sagte Paul.
Ich konnte es ihm nicht verdenken. Ganz abgesehen davon, ob Cecilia Betty als Patin sehr willkommen gewesen wäre, »Cecil« ist heutzutage völlig aus der Mode gekommen und außerdem ziemlich lächerlich ...
Cecilia blieb nicht lange, aber bevor sie ging, drang Paul noch darauf, daß die täglichen Sitzungen am nächsten Tag wiederaufgenommen werden sollten, und so geschah es dann auch. Eine Woche war fast vergangen, da sah ich zu meinem Erstaunen einen Rollstuhl vor dem Tor des »Chantry« stehen. Es war ein wenig von der Straße zurückgesetzt, und in seinem Bogen zwischen den Ziegelmauern hatte er gerade Platz. Paul hatte sein Skizzenbuch und den Malkasten – Wasserfarben, nicht etwa die neuen Ölfarben – vor sich, und er malte den Blick durch die Gitterstäbe. Wie jedes seiner Werke war auch dies ein ziemlich grauenhaftes Gekleckse, aber die starken schwarzen Vertikalen hielten es zusammen, und ich hatte schon Schlimmeres gelobt. Nur, was war mit Cecilias Porträt?
»Das ist hübsch«, sagte ich. Ich erwähnte wohl schon, eines der Kennzeichen seines unverbesserlichen Dilettantismus war, daß es ihm gar nichts ausmachte, wenn Leute stehenblieben und mit ihm redeten.
»Es ist ganz hübsch in den Farben, nicht?« meinte Paul.
Er hatte schon immer gern mit Rot gearbeitet, doch wenn

die Rosen auch rot wie Rosen waren, neben dem bedenkenlos auf das Papier gesetzten karmesinroten See erschienen sie blaß. Auch hatte ich ihn im Verdacht, das Gitter zu früh gemalt zu haben, wahrscheinlich hatte er unvermischtes Sepia benutzt. Der Weg zum Haus hätte vielleicht von Heidekraut gesäumt sein können. Wie dem auch sei, zu meinem Lob brauchte ich nicht mehr als die übliche Heuchelei, und Paul sah zufrieden aus.
»Ich dachte eigentlich«, sagte er, »wenn ich hineinkommen könnte, müßte es doch eine Menge anderer Blickwinkel geben, über die Rosen hin zum Tor zum Beispiel – und ich könnte die Gitterstäbe immer noch mit hineinbringen.«
Ich schöpfte wieder neue Hoffnung für ihn, weil er zumindest erkannt hatte, wie sehr sein kraftloses Gewische eines Haltes bedurfte. – Aber was war mit Cecilias Porträt? Es war jetzt kurz nach elf, und die Sitzung hätte in vollem Gang sein müssen... »Du weißt nicht, wem das Haus gehört?« fragte Paul.
»Leider nicht«, antwortete ich. »Es steht leer, solange ich denken kann. Da ist mal jemand gestorben, jemand, dessen Frau Musikgesellschaften gab, und jetzt verkommt es einfach.«
»Hört sich an wie von Dickens«, sagte Paul.
Er erinnerte sich offenbar schwach an *Satis House* und *Miss Havisham,* obwohl *Miss Elyte* und der *Graf von Chancery* eher am Platz gewesen wären. Wir plauderten noch ein wenig über *Große Erwartungen,* ehe die Neugier mit mir durchging.
»Cecilias Porträt ist also fertig?« fragte ich.
Paul setzte einen Schnörkel auf das Gitter. (Diesmal nahm er gebranntes Umbra. Es lief sofort aus.)

»Na, ich selbst würde das nicht sagen, aber es gefällt ihr so, wie es ist, und sie hat Angst, ich könnte es verderben, wenn ich weitermache. Sie will es sich so, wie es ist, rahmen lassen . . .«

3

Ich fand, Cecilia hatte die Situation sehr gut gemeistert, aber da sie an den Vormittagen nichts mehr zu tun hatte, fing sie natürlich an, sich zu langweilen. Das wäre nun für den Admiral die beste Gelegenheit gewesen, sie mit dem frischen Wind eines ernstgemeinten Antrags aus ihrer Flaute herauszuholen. Ob sie ihn annehmen würde oder nicht, hätte Cecilia zumindest einen Moment zu denken geben sollen, denn wenn sie auch nicht »auf ihn flog«, wie man so sagt, stand die Partie doch ungefähr gleich. Wie viele Eisen im Feuer Cecilia in New York auch haben mochte, ein Spatz in der Hand ist besser als eine Taube auf dem Dach, und keiner ihrer zweifellos viel reicheren transatlantischen Verehrer hätte sie schließlich zur Mylady machen können . . .
Der Gedanke war mir früher schon einmal gekommen. Aber leider hatte Cecilia keine der offiziellen Festlichkeiten im August eröffnet, die ich erwähnt habe. Die Gattin unseres Abgeordneten und eine hiesige Frau Bürgermeister hatten natürlich den Vorrang, während Cecilia als Lady Thorpe sehr wahrscheinlich jede von ihnen ausgestochen hätte. Sie war immer noch die weitaus attraktivste Figur der Gesellschaft und die meist photographierte, wie sie über ihren ersten selbsterworbenen Gladiolenstrauß hinweg lächelte. – Sir David hing an

ihren Fersen und bot ihr galant an, ihn für sie zu tragen, aber um nichts in der Welt hätte Cecilia auch nur den einfachsten Blumenhändler gekränkt. Dekoriert mit ihren Gladiolen, wie einst mit den Nelken, stolzierte Cecilia zwischen den triefnassen Ständen umher und wurde weit mehr beachtet und bewundert als auf dem ersten Fest die Frau des Abgeordneten und auf dem zweiten die Bürgermeisterin. Ihre Fotos erschienen jedoch nur auf der Rückseite des *East Anglia Kurier* und nicht auf der ersten neben denen der beiden anderen Damen. Es wunderte mich, daß eine tonangebende Dame der New Yorker Gesellschaft von einer solchen Zurücksetzung in einem Provinzblatt überhaupt Kenntnis nahm, bis mir einfiel, daß Cecilia damals mit den Nelken überhaupt nicht photographiert worden war.

Sie nahm es natürlich von der komischen Seite. »Meine Liebe, ist das nicht der vollkommene *Ruhm*?« rief Cecilia, als sie sich ein paar Tage später zu uns herunter begab. »Ich muß mir ein halbes Dutzend Exemplare besorgen und sie nach Hause schicken!« Ob sie es tat, weiß ich nicht, aber ungefähr zu dieser Zeit begann sie immer mehr von Amerika als von »zu Hause« zu sprechen.

Im nachhinein weiß ich, ich hätte alles klüger anfangen können. Der Admiral war noch immer ein eifriger Verehrer. Immer war er zur Stelle, immer bereit, Briefe für sie zu besorgen, Aufträge zu erledigen, sie zum Swimming-pool zu begleiten; zu einem förmlichen Antrag konnte er sich jedoch nicht entschließen. Ich hätte ihn gern für einen schlauen Fuchs gehalten, der nicht so leicht in die Falle geht, mußte seine Haltung dann aber leider einer einfältigen Bescheidenheit zuschreiben. Er betrach-

tete mich, die Einfältige!, als Cecilias beste Freundin, deshalb nahm er jede Gelegenheit wahr, mit mir über sie zu sprechen. Es war, als hörte man einen Knaben über eine unerreichbare Diva der Stummfilmzeit reden. Cecilias unumstrittene Schönheit gab ihm ein solches Gefühl der Unterwürfigkeit, daß er nie auf den Gedanken zu kommen schien, ihr als *quid pro quo* den Titel Mylady anzubieten. Er war ein netter alter Kauz, aber schlau war er nicht. – Vielleicht, wenn ich ihm gut zugeredet hätte, würde Cecilia seinen Antrag angenommen, Antoinette einen freundlichen Stiefvater und ein Zuhause in East Anglia gefunden haben. – Aber ich mochte ihn zu gern, und so strich Sir David noch immer unglücklich herum, von mir bekam er keinen ermutigenden Wind in die Segel – als seine Schwiegertochter wieder erschien und ihn zurück nach Richmond holte.
Ich glaube, er schied nicht ungern. Ich sagte schon, er hatte ein einfaches Gemüt, und wie alle Menschen einfachen Gemütes – und die meisten Marineleute – fühlte er sich wohler unter einem festen Kommando. Die Schwiegertochter war reizend zu Cecilia, und nach einem letzten (gemeinsamen) Dinner im »Woolmers« dankte sie ihr beim Kaffee mit einer taktvollen Bemerkung für die besondere Freundlichkeit, mit der sie sich des Alten angenommen hatte, und entschärfte damit sozusagen jede amouröse Beziehung. (Ausnahmsweise aß ich selbst dort, und in der Lounge kann man nicht überhören, was an einem anderen Tisch gesprochen wird.) Cecilia gab Höflichkeit mit Höflichkeit zurück, sie beteuerte, welch liebenswürdiger Gesellschafter er gewesen sei – aber sie tat es mit einem unterdrückten Gähnen in der Stimme,

das ihn zu einem alten ungewöhnlichen Langweiler erklärte. Ich für meinen Teil hatte den Eindruck, die beiden Damen verstanden einander sehr gut.

Der Admiral wurde also fortgebracht (wenn auch nicht gegen seinen Willen), und Paul Amory fiel als Verehrer aus, die ganze Szene begann sich für Cecilia mehr und mehr aufzulösen. Sie hatte sich nicht nur an uns, sondern wir uns auch an sie gewöhnt. Selbst im »Woolmers« gehörte sie schon so dazu, daß sie einmal gebeten wurde, den Tisch zu wechseln, weil ihr Tisch mit zu einer großen Galatafel für die Vereinigung der Britischen Legion Alter Kameraden zusammengestellt werden sollte. Und wieder nahm Cecilia es von der komischen Seite. Sie erzählte hinterher, sie habe nie etwas Komischeres gehört als den feierlichen Toast mit Algier-Rotwein »Auf König und Vaterland« und »Auf unsere tapferen Verbündeten«. Als der Scherz jedoch bekanntwurde, nahm man ihn kühl auf, besonders der amerikanische Oberst, der aus angeborenem Feingefühl darauf verzichtet hatte, eine Flasche Bourbon mitzubringen. Cecilia hätte wissen müssen, wie ernst Amerikaner derlei Veranstaltungen nehmen. Ich glaube, sie dachte nicht daran, daß ihr Vorwitz dem Oberst je zu Ohren kommen könnte, aber er hörte doch davon, und sei es aus diesem, sei es aus einem anderen Grunde, er stellte seine Begleitung zum Swimming-pool unversehens ein, so kam es – um es vorwegzunehmen –, daß nur ich und die jungen Pennons Cecilia Gesellschaft leisteten, als sie zum letzten Mal zum Schwimmen ging. Cecilia langweilte sich bei uns, und plötzlich brannte sie darauf, nach New York zurückzukehren; sie war so geschickt und hatte so viele Beziehungen, daß ihr das beinahe Unmögliche gelang, sich und Antoinette Plätze für einen schon fünf Tage später angesetzten Flug über den Atlantik zu sichern.

16

Strahlend kam sie mit der Neuigkeit zu uns. Antoinette und ich waren im Wohnzimmer – ich saß an meinem Schreibtisch, Antoinette hockte in der Mitte des Zimmers auf dem Fußboden, ihr nächster Unterschlupf war das Sofa. So gelang es Cecilia leicht, das Kind stürmisch hochzuheben und es fest und überschwenglich an sich zu pressen.
»Endlich Nachricht von der Luftfahrtgesellschaft!« rief Cecilia über Antoinettes steifen Nacken hinweg. »Nur noch fünf Tage, dann sind wir fort!«
Antoinette lag wie Blei in ihren Armen; sie ließ die Kleine ziemlich abrupt fallen, ohne jedoch ihren Schwung einzubüßen.
»*Endlich!*« fuhr Cecilia begeistert fort. »Endlich, nach endlosem Warten, endlich werde ich mein Kleines wieder bei mir haben, und wir zwei werden ganz für uns sein! Du mußt nicht denken, ich wüßte nicht, was du alles für sie getan hast – aber warte nur, bis ich sie ganz für mich habe: Sie wird ein anderes Kind werden.« Antoinette war bereits ein anderes Kind, – die Hoffnungslosigkeit in Kindergestalt. Ich konnte nicht fassen, daß Cecilia nicht sah, was sie anrichtete – vor unseren Augen nahm Antoinette das Wesen eines kleinen Tieres an. Aber genau das war es natürlich, was Cecilia mit Psychiatrie und Sprachtherapie verhindern wollte, wenn sie und Antoinette erst einmal ganz für sich in New York waren.
»Erinnerst du dich an New York, Süße? – Nein, ich glaube nicht«, rief Cecilia, »aber du wirst es einfach mögen!«

Sie schwatzte fröhlich weiter. Ich habe schon beschrieben, wie sie es verstand, einen Monolog als Unterhaltung darzustellen – indem sie selbst die Antworten lieferte, jedes Schweigen mit munterem Geplauder überdeckte und schon zu einem neuen Thema überging, noch ehe das alte erschöpft war. Jeder zufällige Zeuge solcher Gespräche (wie Mrs. Gibson einmal auf der anderen Seite der Hecke) hätte glauben müssen, ich oder Antoinette hätten geantwortet, und sei es auch nur durch kurze Ausrufe der Freude oder der Dankbarkeit. Cecilia hatte sich mittlerweile an Antoinettes Schweigen gewöhnt; es konnte sie auch nicht enttäuschen, weil es ja keinen Zweifel daran gab, daß das Kind jedes Wort in sich aufnahm.
»Sieh doch nur ihre großen Augen!« rief Cecilia. »Ist es nicht wie ein Traum, der wahr wird, Kleines? Aber es ist kein Traum, es ist Wirklichkeit!«
Seit sie fallengelassen und wieder in ihre Duckstellung geflohen war, hatte sich Antoinette nicht gerührt, nur gelauscht und, davon war ich überzeugt, verstanden. Sie kam ungeschickt auf die Füße und machte einen zögernden Schritt auf die Verandatür zu, hielt dann inne und schaute auf die Tür zum Flur, als sähe sie sich nach einem Fluchtweg um. Ich sagte Cecilia, es sei Zeit für ihren Mittagsschlaf, und Cecilia sah das bereitwillig ein: Sie wollte ohnehin noch zu einer Versteigerung, einer richtigen öffentlichen in den Räumen des Auktionshauses; sie hatte gehört, es sollte dort recht gutes Silber angeboten werden.
Ich wollte nicht, daß sie ging. Schon einmal, im Schlafzimmer vom »Woolmers«, hatte ich aus Stolz meine

Pflichten für Antoinette vernachlässigt. Und in der letzten halben Stunde hatte ich wieder versagt, weil ich Cecilias Plänen stillschweigend und stumm zugestimmt hatte. Aber wie hätte ich in der Gegenwart des Kindes argumentieren und streiten können? Wo doch jede Auseinandersetzung, jedes scharfe Wort sie ängstigte? Ich fürchtete, selbst von ihrem Bettchen aus könnte sie zuhören und Angst bekommen. Daher bat ich Cecilia zu warten; ich wollte auch zur Versteigerung gehen.
»Dann paß auf, daß du nicht gegen mich bietest«, sagte Cecilia heiter, »du darfst den Preis für mich nicht so gemein hochtreiben wie damals Paul Amory für meinen Kaftan!«

2

Mir lag nichts daran, Cecilia zu überbieten. Sie hätte meinetwegen alle Silbergabeln Englands mitnehmen können, solange sie nur das Kind nicht mitnahm. Als wir den Berg hinunterwanderten, wurde mir plötzlich klar: Dies war der strittige Punkt. Keine Macht auf Erden konnte Cecilia bewegen, den Anspruch auf ihre Tochter aufzugeben. Sie hatte zu viele Pläne mit Antoinette, ihre ganze Zukunft, auf das Kind konzentriert, war in Cecilias Phantasie entstanden: Antoinette hatte sozusagen die Rolle von »Pakete für England« eingenommen. Aber selbst wenn sich Cecilia dazu bewegen ließe, in England und vielleicht sogar in East Anglia, also in meiner Nähe zu bleiben – könnte das Schlimmste dann wirklich abgewendet werden? Als mir gerade dieser Gedanke durch den Kopf ging, blieb Cecilia unvermittelt stehen, wir

waren auf halbem Wege vor dem verrosteten Tor des »Chantry« angelangt.
Hinter dem Tor flankierten die ungeschnittenen, üppig wuchernden Rosen den verwilderten Rasen, während weiter oben, hinter der Balustrade der bröckelnden Terrasse, drei hohe Fensterbögen noch immer kühles, georgianisches Selbstvertrauen zur Schau stellten ...
»Was für ein schöner, verlassener Ort! Und nicht einmal du, meine Liebe, kannst dich daran erinnern, wann er bewohnt war?« fragte Cecilia.
Ich erklärte ihr, das Haus immer nur leer gekannt zu haben; aber es müsse da ein Musikzimmer geben.
»Das Silber kommt erst um vier Uhr dran, gehen wir doch hinein und sehen es uns an«, schlug Cecilia vor.
Weil mir noch so vieles auf der Seele lag, stimmte ich eifrig zu. Zwischen Tür und Pfosten war eine klaffende Lücke, durch die wir uns beide ohne große Mühe hindurchwinden konnten. Keines der großen Fenster ließ sich in seinen Angeln bewegen, aber eine kleinere Eingangstür stand angelehnt, und im Innern, gleich anschließend an den Salon mit den drei Fenstern, fanden wir wirklich das Musikzimmer. Zwar blätterten die Fresken von der Wand, aber Harfen und Violinen waren noch immer unter ihrer schimmelnden Vergoldung auf dem einstmals weißen Stuck zu erkennen. Was einmal Parkett gewesen war, gab splitternd unter unseren Füßen nach, als wir uns mutig hineinwagten, und ich glaube, wir sahen auch eine Ratte. Doch Cecilia hatte nur Augen für die Harfen und Violinen, und als ich ihr nach oben gewandtes, ausnahmsweise ganz entspanntes und nicht auf Wirkung bedachtes Gesicht ansah, spürte ich eine

letzte Chance, die mir durch dieses zufällige Eindringen in die Hände gespielt worden war.
Cecilia selbst gab mir das Stichwort.
»Das ist wirklich schön«, sagte sie leise. Sie ging zu einem der hohen Fenster und sah in den Garten. »Das alles könnte wunderbar hergerichtet werden. Warum kommt niemand, der Geld hat, und wohnt hier?«
»Und du?« fragte ich. »Du hast Geld. Willst du es nicht übernehmen und mit Antoinette hier wohnen?«
Sie wandte mir den Rücken zu. Und als sie sich umdrehte, war ihr Ausdruck völlig verändert.
»*Hier?*« sagte sie eisig. »*Hier leben?* Warum habe ich wohl einen alten Mann geheiratet, wenn nicht um hier wegzukommen! – Natürlich habe ich Rab sehr geliebt«, fügte sie hastig hinzu. »Ich habe ihm mein Leben geopfert. Aber ganz ehrlich, meine Liebe, ich würde lieber sterben als hier zu leben.«
Ich glaubte es ihr. Sie hätte auch den Admiral nicht geheiratet, selbst wenn er ihr einen Antrag gemacht hätte. Sie hatte es einmal geschafft fortzukommen, und jetzt wollte sie wieder fortkommen, und all meine Beredsamkeit konnte sie davon nicht abbringen.
»Natürlich, es ist ganz verständlich«, sagte ich kleinlaut.
»Ja, Liebste, ich dachte mir, daß du es verstehen würdest«, sagte Cecilia. »Du bist nie fortgekommen, nicht wahr?«
Ich ließ Cecilia allein zur Auktion gehen. Das viele Herumkriechen hatte mich ermüdet, und es gab wohl auch nichts mehr zu sagen – ich glaube, Cecilia wußte das. Sie half mir mit spöttischer Freundlichkeit durch die Hecke und schlug sogar vor (meine Kräfte waren sichtbar er-

schöpft), Albert mit seinem Taxi kommen zu lassen. Ich lehnte ab, aber während Cecilia mit ihrem leichten elastischen Windhundschritt weiter bergab lief, mußte ich auf dem Nachhauseweg mehrmals ausruhen.
Ich brauchte auch ein bißchen Zeit, um darüber nachzudenken, was ich Antoinette sagen sollte, nun, da ihr Schicksal besiegelt zu sein schien. Ich war froh, daß ich mir Kritik an Cecilia nie hatte anmerken lassen. Selbst ein so unechter Satz wie »deine schöne Mama« kam mir nun recht tröstlich in den Sinn — war es nicht vielleicht Überempfindlichkeit, sich einzubilden, daß auch das Kind die Unaufrichtigkeit gespürt habe? »*Hier ist deine schöne Mama*«, sagte ich mir vor, »*du wirst nun bei deiner schönen Mama bleiben* . . .«
»Du wirst nun mit deiner schönen Mama *zusammen leben*«, hörte ich mich sagen — und leider hörte mich auch Jessie auf ihrem Weg ins »Woolmers«.
»Du lieber Himmel, wenn *Sie* schon anfangen, mit sich selbst zu reden, sind wir alle bald reif für die Klapsmühle«, sagte Jessie fröhlich. »Aber ist es nicht ein Jammer, daß ich nicht zur Auktion kann?«
Als ich endlich an meinem Gartentor ankam, hatte ich ein halbes Dutzend solcher Sätze parat: »*Nun wirst du bei deiner schönen Mama leben, die deinetwegen die lange Reise von Amerika gemacht hat!*« — Aber wußte Antoinette etwas von Amerika? »*Über das große Meer*«, setzte ich statt dessen ein, »*einfach, um dich zurückzuholen und bei dir zu sein, sie hat dich so gern!*«
Mir fiel nichts Besseres ein, wie ich die Sache sonst angehen und den Schock vielleicht mildern könnte. Ich bereitete sogar eine neue Version des Cinderellamärchens

vor, in dem sich der Kürbis nicht in eine Karosse, sondern in ein Flugzeug verwandelt, und ich beschloß, das Schlüsselwort »Deine schöne Mama« bei Antoinette immer wieder zu gebrauchen.
Doch Antoinette war unauffindbar.

3

Ihr Bettchen war leer. Die Decke war noch glatt, nur oben war eine Ecke zurückgeschlagen. Sie hatte sich wohl hinausgestohlen, nachdem wir gegangen waren. – Aber wo war sie? Ich sah in all ihren Schlupfwinkeln nach – im Haus, unter dem Bett, draußen, unter den Artischocken, ich durchsuchte den alten Kohlenkeller – keine Spur von Antoinette, keine Antwort auf mein Rufen. Ich durchforschte jeden Gartenwinkel und rief wieder und wieder nach ihr – vergeblich. Erst als ich das Haus zum zweiten Mal durchsuchte, bemerkte ich – und wäre meine Angst nicht so groß gewesen, ich hätte es längst gesehen –, daß am Treppenabsatz der Überseekoffer mit zugeklapptem Deckel stand.
Irgendwie hatte Antoinette es fertiggebracht, in den Koffer zu klettern und den Deckel über sich zu ziehen.
Denn dort war sie, die Knie ans Kinn gezogen und die Hände vor den Augen, und atmete nur noch ganz flach.
Alle Kinder spielen gern Verstecken, und auch Antoinette hatte sich schon oft zum Spaß im Koffer verkrochen; aber dies mußte eine ungeheure und sehr genau überlegte Anstrengung gewesen sein, den Deckel hochzuhieven und ihn dann richtig zu schließen; für sie vielleicht eine ebenso große Anstrengung wie für Bobby

Parrish, der sich die Taschen mit Steinen gefüllt hatte und mit den Füßen voran in den Kanal geglitten war.
Antoinette kam schnell wieder zu sich, nachdem ich sie vor ein offenes Fenster getragen, ihr die Hände gerieben und Mund-zu-Mund-Beatmung versucht hatte. Sie schien sich nicht mehr daran zu erinnern, was sie getan hatte.
Als ich am anderen Morgen jedoch nach London abreiste, bat ich Mrs. Brewer, Antoinette nicht einen Augenblick allein zu lassen. Mrs. Brewer fragte nicht warum.
Ich sagte Cecilia nichts von dem Zwischenfall; ich fuhr nach London, um Mr. Hancock einen Besuch abzustatten.

17

Ich hatte keinen Termin bei ihm. Ich nahm einfach den Bus nach Ipswich, löste eine verbilligte Tagesrückfahrkarte und fuhr dann mit dem Taxi nach Gray's Inn. Kurz nach halb elf war ich dort und hatte (wie ich auf die Rückseite meiner Visitenkarte schrieb) notfalls sieben Stunden Zeit, um zu warten. Aber zu meiner Überraschung ließ er mich durch einen Büroangestellten schon gegen Mittag zu sich bitten. Hinter seinem Schreibtisch war Mr. Hancock weitaus imposanter als an meinem Teetisch. Er erhob sich, schüttelte mir die Hand, wir setzten uns, es ging korrekt und förmlich zu. Dann tat er etwas, was ich ihm nicht vergessen werde. Auf dem Schreibtisch stand eine kleine zusammenklappbare Lederuhr, sie war so aufgestellt, daß er auf ihr die Zeit ablesen konnte, ohne auf seine Armbanduhr zu schauen. Er beugte sich vor und klappte sie zusammen.
»Ich werde Sie nicht lange aufhalten«, versprach ich. »Ich möchte nur Ihren juristischen Rat. Selbstverständlich zu dem üblichen Honorar.«
»Selbstverständlich«, pflichtete Mr. Hancock bei.
»Erinnern Sie sich an Antoinette Guthrie?«
»Gewiß«, sagte Mr. Hancock, »wie geht es dem Würmchen?«
»Sehr gut«, sagte ich, »das heißt physisch sehr gut, und psychisch ist sie außer Gefahr.« (Ich weiß nicht, warum ich diesen nach Krankenhaus klingenden Ausdruck benutzte, er kam mir einfach auf die Zunge; und wenn man es richtig überlegt, beschreibt er genau Antoinettes Zustand: Solange sie ungestört und keiner seelischen An-

strengung unterworfen war, gehörte sie nicht zu den kritischen Fällen.) »Sie kann immer noch nicht schreiben und lesen«, gab ich offen zu, »aber sie begreift leichter und kann auf einem Pony reiten.«
»Das würde ich gern mal sehen«, sagte Mr. Hancock.
Ende gemacht hatte. Und ich erzählte auch nicht, wie
Antoinette nachts an einem ihr fremden Ort allein ge-
Ich unterließ es, ihm zu berichten, daß Cecilia dem ein
lassen worden war und den Weg durch die Dunkelheit
zurück bis vor meine Tür gelaufen war. Ich wollte einfach Mr. Hancocks große Freundlichkeit, die Uhr zusammenzuklappen, nicht ausnutzen und ihm eine Jammergeschichte vortragen. Ich sagte nur, trotz aller dieser Fortschritte sei Antoinettes Mutter nach ihrer Rückkehr zu der Meinung gekommen, es könne mehr für das Kind getan werden.
Mr. Hancock überlegte einen Augenblick.
»Ich glaube, ich darf ohne Verstoß gegen die Schweigepflicht erwähnen«, sagte er dann, »daß Mrs. Guthrie mir ebenfalls einen Besuch abgestattet hat.«
Es war töricht von mir, mich darüber zu wundern. War es nicht wahrscheinlich, nicht sogar notwendig gewesen? Und wenn Cecilia mir nichts davon gesagt hatte – und warum sollte sie? –, dann, weil sie zweifellos der Meinung war, mich ginge die Sache ganz und gar nichts an.
»Dann wissen Sie auch«, sagte ich, »daß sie vorhat, Antoinette zurück nach New York zu bringen, und einen Spezialunterricht mit Psychoanalyse und Sprachtherapie plant?«
»Ja«, sagte Mr. Hancock.
Sein Gesicht und seine Stimme waren ausdruckslos. Ich stellte die Frage, derentwegen ich gekommen war:

»Gibt es eine gesetzliche Möglichkeit, das zu verhindern?«
»Nein«, sagte Mr. Hancock.

2

Er war dennoch ungewöhnlich freundlich zu mir. Er wies sogar einen seiner Angestellten an, mich zum Mittagessen auszuführen – ich saß jedenfalls, ich weiß nicht wie, anstatt vor Mr. Hancocks Schreibtisch plötzlich mit einem jungen Mann an einem weißgedeckten Tisch. Das Tischtuch war aus echtem Damast, tadellos gewaschen und gebügelt, und die Servietten auch. Wir waren offenbar in einem sehr altmodischen, sehr teuren Restaurant. Mein junger Cicerone reichte mir die Getränkekarte, aber als ich um ein Glas Milch bat – mein Vater hätte sich im Grabe umgedreht! Welch ein Genuß wäre es für ihn gewesen, unter all den Portweinen zu wählen! –, entschied er sich für eine Flasche Bier. Ich war doch froh, daß er sich von meiner Bestellung, einem Omelette, nicht abhalten ließ, für sich Austern und Steinbutt und anschließend ein teures Dessert zu bestellen. Er verspeiste alles mit solcher Eile, daß noch viel Zeit bis zu meinem Zwei-Uhr-fünfzehn-Zug nach Hause blieb.
»Eines Tages müssen Sie mich besuchen und zum Tee zu mir kommen«, sagte ich zum Abschied.
»Ich glaube, Sie sollten einen Brandy trinken«, war seine merkwürdige Antwort. »Ich habe dem Schaffner gesagt, wo Sie aussteigen müssen . . .«
Was er mir nicht sagte und was ich nicht sogleich merkte, war, daß er mich in ein Abteil Erster Klasse gesetzt hatte.

Zum Glück für mein Gewissen und mein Portemonnaie kam kein Kontrolleur, um mich in meinem Nickerchen, und das muß es wohl gewesen sein, zu stören.
»Macht nichts!« würde Mrs. Brewer gesagt haben; im Dorf ist die Meinung verbreitet, eine Tagesreise nach London sei für Körper und Seele gleichermaßen erschöpfend.
Antoinette schien weder froh noch traurig über meine Rückkehr, und sie war bestimmt nicht neugierig, wo ich gewesen war. Es war, als habe sie sich endgültig in Passivität geflüchtet. Mrs. Brewer berichtete, sie sei den ganzen Tag mustergültig brav gewesen, sie habe sich einfach in ihr Bett gekuschelt und sei so still wie eine Mohrrübe gewesen. Ich denke oft, Mrs. Brewers Gleichnisse entspringen einem tiefen, wenn auch unbewußten Wahrnehmungsvermögen: Es war mehr, als Antoinette ertragen konnte, auch ihr letzter verzweifelter und endgültiger Ausweg war vereitelt worden, und so bildete sie sich aus einem kleinen Tier in eine Pflanze zurück.

3

In dieser Situation wurde mir erschreckend klar, wie wenig Freunde ich hatte. Das mag absurd klingen: Denn natürlich hatte ich viele gute alte Freunde, und neue kamen hinzu. Aber durch mein Leben mit Antoinette waren die Kontakte zu den alten in den letzten fünf Jahren abgerissen, und die neuen hatten ihre eigenen Sorgen.
Die Gibsons zum Beispiel waren meine Freunde, und sie hatten meine Hingabe an Antoinette oft gepriesen – in

der Tat so oft, daß das Lob seine Bedeutung verloren hatte, wie (umgekehrt) etwa die fromme Erkenntnis, daß sie selber allzumal elende Sünder waren. Der alte Mr. Pyke war mein Freund und Major Cochran; den einen erinnerte Cecilia an seine Mutter, den anderen an seine erste Liebe. Weit und breit war niemand, dem ich wirklich vertrauen könnte, einer, der meine und Antoinettes Sache mit Festigkeit vertreten würde. So verging keine Stunde, in der ich nicht an Dr. Alice dachte.

Zufällig wurde am Tag nach meinem Besuch bei Mr. Hancock eine kleine Gedenktafel für sie im südlichen Seitenschiff unserer Kirche enthüllt. Sie war so gut wie anonym irgendwo in London begraben worden, aber alle im Dorf waren sich einig (und unterstützten diese Meinung durch Spenden bis zu fünf Shilling), daß sie ein würdiges Andenken verdient hatte. Selbst alte Rentner – richtiger: alle alten Rentner – trugen ihr Scherflein dazu bei, und weil der größte Teil der Beiträge aus Scherflein bestand, war das Ergebnis zwar keine Messingplatte, aber eine Tafel aus Schiefer, auf der in schönen Lettern von vielen Jahren aufopfernder Arbeit für eine dankbare Gemeinde zu lesen stand. Ich war natürlich zur Gedenkfeier in einen der vordersten Kirchenstühle eingeladen, und hinter mir war das Kirchenschiff dicht besetzt. Der Mütterverein war gekommen und der Frauenverein und der *Darby und Joan*-Klub und selbst die Vereinigung der Britischen Legion Alter Kameraden; aber ganz gewiß trauerte niemand so aufrichtig um Dr. Alice wie ich.

»Wissen Sie«, bemerkte Mrs. Brewer, als wir uns in der Vorhalle trennten, »wissen Sie, was ich am meisten an ihr schätzte? Man konnte sie nie bemogeln. Wenn einer richtig krank war, fuhr sie ihn selbst in ihrem Wagen zum Krankenhaus, ohne erst auf das Unfallauto zu warten. Aber niemand konnte sie bemogeln, auch nicht mein Schwiegersohn, der seine Faulheit als Gicht ausgeben wollte.«

Ich wußte schon lange, Mrs. Brewer hatte eine vielleicht ungerechtfertigt schlechte Meinung von ihrem Schwiegersohn, aber ganz allgemein stimmte ich zu. Dr. Alice war nie jemand gewesen, den man bemogeln konnte.

Wie gesagt, das war am Tag nach meinem Besuch bei Mr. Hancock gewesen, es waren nur noch drei Tage, bis Cecilia Antoinette mit nach New York nehmen würde, wo die beiden ganz für sich sein würden.

18

Cecilia hatte mir nichts von ihrem Besuch in Gray's Inn gesagt, ich sagte ihr nichts von meinem. Ich wäre ihr am liebsten ganz aus dem Wege gegangen, aber das war unter den gegebenen Umständen nicht möglich. Als ich am Nachmittag zum Tee ins Pfarrhaus kam, war ich froh, sie dort nicht anzutreffen. Es war eine kleine Gesellschaft – außer mir waren die einzigen Gäste Honoria Packett, Major Cochran und Mr. Pyke, ganz wie in alten Zeiten.
Wir haben im Pfarrhaus schon immer die interessantesten Gespräche gehabt. Diesmal, so erinnere ich mich, drehte es sich darum – nachdem wir noch einmal Dr. Alices gedacht hatten –, ob der Zweck die Mittel heiligt, etwa bei einem Verbrechen, das begangen wird, um ein schlimmeres zu verhüten.
»Zum Beispiel, wenn ich einen Gewaltverbrecher bei der Tat beobachte, mich auf ihn werfe und ihn erwürge«, schlug Mr. Gibson vor. Die Zeiten ändern sich und die Geistlichen mit ihnen. Sein Vorgänger würde das Wort Gewaltverbrecher in Damengesellschaft genausowenig ausgesprochen haben, wie er seinen Hosenlatz aufgeknöpft hätte. Und unter uns war niemand, der so tat, als müsse er es überhören.
»Sie würden wahrscheinlich davonkommen«, sagte Major Cochran.
»Stellen Sie sich nicht so dumm«, sagte der Geistliche. (Noch eine Veränderung: Er sagte das zu einem seiner reichsten Gemeindemitglieder.) »Darum geht es doch gar nicht. Wir sprechen über den moralischen Gesichtspunkt. Würde mein Gewissen mich freisprechen?«

»Meins ja«, sagte Honoria. »Meins würde mich freisprechen, wenn ich einen Mann erwürge, der sein Pferd quält.«
»Dann wären Sie dran«, sagte Major Cochran. »Das ließe sich nicht mal als Totschlag rechtfertigen.«
»Nicht nur als Totschlag, sondern voll und ganz gerechtfertigt!« wieherte Honoria.
»Und wo fängt für Sie die Entschuldbarkeit an?« fragte Mr. Gibson.
»Wenn irgendein Kerl mit einem Gewehr in mein Haus einbricht«, antwortete der Major eifrig, »und ich ihn die Treppe hinunterwerfe, und er sich dabei den Hals bricht.«
»Unfall«, unterbrach ihn Mr. Gibson, »ohne Vorsatz. Kann jemand von Ihnen vorsätzliches Töten rechtfertigen? Wie denken Sie darüber, Pyke? Denken Sie nach!«
Noch einmal, auch wenn ich mich wiederhole, welche Veränderung: Zum *Nachdenken* aufgefordert zu werden, und das bei einem gesellschaftlichen Anlaß. Mr. Pyke, auf diese Weise aufgerufen, dachte nach. Dieser Vorgang braucht bei ihm seine Zeit, aber im allgemeinen kommt er zu einem vernünftigen Schluß, und wir warteten so geduldig auf ihn wie auf den Überlandbus.
»Wenn jemand Hilflose quält«, sagte er schließlich, »und wenn es keinen anderen Weg gibt, ihn zu hindern...«
Eine Zeitlang sagte niemand etwas, ich glaube, wir alle dachten in diesem Augenblick an den Ruf seines Vaters als Schläger. Dann bemerkte Mrs. Gibson ziemlich unvermittelt, er habe selbstverständlich recht, so bliebe jedermanns Gewissen rein, und sie könne nur hoffen, dergleichen käme nie ans Licht. Ich habe schon immer etwas zum Nachdenken mit nach Hause genommen – nach dem Tee im Pfarrhaus!

19

East Anglia hat oft gegen Anfang Oktober das schönste Wetter: die Luft ist seltsam still, nachdem die Äquinoktialwinde vorübergeweht sind, und die Sonne bricht noch einmal mit ihrer letzten Kraft durch. Wenn es keine ungewöhnlichen Regenfälle gegeben hat, ist die See so warm wie im August, vielleicht sogar noch wärmer. In Aldeburgh hat man noch um die Monatsmitte zum Trocknen aufgehängte Badeanzüge gesehen. So war es auch jetzt, und wir freuten uns alle, weil Cecilias letzte Tage bei uns so ungewöhnlich schön waren, obwohl sie fand, daß der Abschied dadurch schwerer wurde.
»Wenn diese alberne Fluggesellschaft den Flug plötzlich absagt«, erzählte Cecilia Mrs. Gibson (und den Cockers und den Pennons und den Amorys und Hinz und Kunz), »weiß ich ehrlich gesagt nicht, ob ich froh oder traurig sein soll!« Aber PAA stand zu ihrem Wort, und Cecilia war viel zu gewissenhaft, um durch eine Absage dort ein Durcheinander zu stiften.
»Aber einmal muß ich noch zum Schwimmen gehen!« erklärte Cecilia. Warum auch nicht? Das Wasser der Bucht war wärmer als die See, nur hätte sie früher darauf kommen sollen als an diesem Abend, zwei Tage vor ihrer und Antoinettes Abreise. Die Sonne geht Anfang Oktober schon früh unter – um sechs ist noch alles hell, um halb sieben herrscht Dunkelheit. Und es muß schon weit nach fünf gewesen sein, als sie plötzlich die Pennons beorderte, sie zum Swimming-pool zu fahren, und die freundlichen Pennons (ein Platz war noch frei) bestanden darauf, auch bei mir zu halten. »Es wird einen groß-

artigen Sonnenuntergang geben!« rief Janice, als sie vor meinem Gartentor hielten. Ich war im Garten, hatte meine Gartenschuhe an. »Auch wenn Sie nicht baden wollen, kommen Sie doch mit und sehen ihn sich über der Bucht an!«
Als Wetterverständige empfinde ich den Sonnenuntergang als eine Zusammenfassung des ganzen Tages – rotschlierig wie ein Ochsenauge nach einem böigen Tag, engelgleich mit den kleinen rosa Flügeln eines Cherubs oder, wie jetzt, still und rosenfarbig in einem leichten Nebelgrau. Das lockte mich. Mrs. Brewer war noch da, ich wußte, sie würde bis zu meiner Rückkehr bleiben und Antoinette nicht allein lassen. Doch trotz der milden Luft witterte ich einen scharfen herbstlichen Hauch und zog einen dicken warmen Mantel über.
Der freie Platz war neben Janice auf dem Rücksitz. Cecilia wandte sich von ihrem Platz neben Peter zu mir um und sagte, wie sehr sie sich freue, daß ich mitkäme. »Obwohl du Tony zu Hause gelassen hast!« schalt sie. Ich brauchte diesmal keinen Eindruck auf die kleinen Cockers zu machen und wies deshalb nur kurz darauf hin, daß es bald dunkel sein würde. »Sag bloß, sie fürchtet sich immer noch im Dunkeln!« rief Cecilia. Nein, sagte ich, nicht, wenn ich bei ihr sei. »Liebste, du hast sie einfach wie ein Baby verhätschelt!« beschwerte sich Cecilia. »Aber warte nur, bis ich sie bei mir habe!«
Es sind kaum zwei Meilen bis zur Mündung, es blieb keine Zeit für weitere Unterhaltung, und ich bewunderte aufs neue die Geschwindigkeit und Leichtigkeit, mit der sich die jüngere Generation badefertig macht. Im Nu waren meine drei Gefährten aus ihren Hosen und Pull-

overn und in ihren Badeanzügen. Ich war aber doch froh über meinen Mantel, als ich aus dem Auto stieg, um nicht nur die Badenden, sondern auch den Sonnenuntergang zu beobachten. Es war richtig gewesen, herzukommen. Am anderen Ende der Bucht zerschmolz über einem perlgrauen Streifen ein breiteres, blaßrosa Band nach oben zunächst in bläuliches Grau, dann allmählich in Heliotrop. Die Sonne war schon fast hinter dem Horizont verschwunden, der hier (die weit entfernt liegende andere Seite der Bucht war dicht bewaldet) eine dunkel gezackte, wie zinnengeschmückte Linie bildete ...
Natürlich badeten weder die Pennons noch Cecilia im Swimming-pool, aber das Wasser der Mündung war offenbar kälter, als man gedacht hatte. Peter und Janice waren ebenso schnell wieder draußen, wie sie hineingegangen waren, trockneten sich ab und zogen sich an. Nur Cecilia, die im Schmetterlingsstil schwamm, entfernte sich weiter und weiter. Wie der Admiral gesagt hatte, war es ein herrlicher poetischer Anblick, wie ihre schlanken Arme sich hoben und fielen, vom Schaum wie von Schwanenfedern bedeckt. Wenn sie innehielt, um einen Augenblick auszuruhen und sich treiben zu lassen, bot sie das schöne Bild einer Ophelia. Auch Janice und Peter sahen entzückt zu. Und nur ich allein, die ich schon immer von der Natur selbst mehr gefesselt war als von dem, was der Mensch hinzutut, bemerkte das plötzliche Erschauern auf der Oberfläche des Wassers, das den Gezeitenwechsel ankündigt: dort, wo das Flußbett am tiefsten war, trieben ein paar kleine Wellen seewärts. Der Gezeitenwechsel ist in der Mündung nie ein besonderes Schauspiel gewesen, er vollzieht sich hauptsächlich

als Unterwasserströmung. *Tweed sagte zu Till: ›Willst du dich nicht beeilen?‹ / Till sagte zu Tweed: ›Ich kann ruhig verweilen. / Wenn du einen ertränkst, schaffe zweie ich längst.‹*
Ich habe viele dieser Gedichte bruchstückhaft im Gedächtnis, und ich hätte die jungen Pennons genau auf Keats Ode »An den Herbst« aufmerksam machen können: *Gezeit der Nebel, reicher Ernte Zeit . . .*, als plötzlich die Sonne unterging, die Nacht hereinbrach – und ich beinahe ertrank.
Peter und Janice erzählten mir später, sie sahen, wie ich einen Augenblick die Augen mit der Hand beschattete (als hätte mich das lange Zusehen beim Sonnenuntergang geblendet), dann sahen sie, wie ich auf einmal schwankte und einen Schritt rückwärts in den Swimming-pool machte. – Man sagt, daß ein Ertrinkender, während er zum dritten Mal hochkommt, sein ganzes Leben noch einmal in Sekundenschnelle vor sich abrollen sieht: Bei mir war es so, daß meine Gedanken in jenem Augenblick, da ich die Augen bedeckte, die Vergangenheit durchliefen, und zwar nicht das ganze Leben, sondern nur die letzten fünf Jahre. Ich erinnerte mich an das Gespräch im Pfarrhaus und sah zugleich Antoinettes Zukunft in New York. Mein Verstand war vollkommen klar: und ich halte es lediglich für eine moralische Finte, die mich zwang, mein Leben aufs Spiel zu setzen, indem ich mich durch meinen Schritt nach hinten nicht etwa in das flache, sondern in das tiefe Ende des Swimming-pools fallen ließ.
Der schwere Mantel und die schweren Gartenschuhe zogen mich sofort auf den Grund. Alt und kraftlos zap-

pelte ich, in den Kleidern verheddert, Augen und Kehle voll Wasser, herum und wäre wohl wirklich ertrunken, wenn Peter nicht im selben Augenblick hineingesprungen wäre und mich herausgezogen hätte. Das heißt, er zog mich zum flachen Ende, wo Janice ihm dann half. Ich erinnere mich, daß ich Wasser spuckte und dann mit meinen bronchitischen Lungen hustete und hustete, während mich ein unbezwingbares Zittern überlief. Die beiden freundlichen jungen Menschen wrangen meine Kleider aus und rieben mir die Hände, schließlich packten sie mich in ihr Auto, weil all ihre Bemühungen nichts nützten. (Ich hörte nur Bruchstücke ihres Gesprächs, meine Ohren waren voll Wasser. »Es nützt nichts«, hörte ich Janice jammern. »Dann müssen wir sie zurückbringen, aber mach weiter mit dem Reiben.« – Das war Peter. »Aber Cecilia?« – »Du lieber Himmel, kann die nicht laufen?« – Das war wieder Peter.)
Eine Weile noch fühlte ich Janices rubbelnde Hände, dann fühlte ich nichts mehr ...

2

Die beiden freundlichen jungen Menschen lieferten mich nicht zu Hause ab, sondern im Cottage Hospital, was wahrscheinlich genausogut war. Ich wurde so gründlich wie ein Yarmouth-Bückling getrocknet und dann auf Schock behandelt, das heißt, man gab mir ein Beruhigungsmittel, aber anscheinend fand ich dennoch keine Ruhe. Ich redete von Antoinette und verlangte nach ihr so lange, bis die Oberin unter bewundernswerter Nichtachtung ihrer Dienstvorschrift das Kind holen und es in ein Kinderbett neben meinem Bett bringen ließ. Und offenbar sagte ich so etwas wie »für immer« zu ihr. Und dann schliefen wir beide rund um die Uhr.

3

Cecilias Leiche wurde am nächsten Tag ungefähr drei Meilen weiter unten an der Küste angespült. So traurig es auch sein mag, East Anglia ist an solche Tragödien gewöhnt: bei der unumgänglichen Ermittlung wurde niemand beschuldigt, am wenigsten die jungen Pennons, deren rasches Handeln bei der Rettung eines der ältesten und geachtetsten Gemeindeglieder in der Tat hohes Lob fand. Der Untersuchungsrichter stellte lediglich fest, wie bedauerlich es sei, daß die mit unseren Küsten nicht vertrauten Fremden den überall sichtbar an den Küstenwachtstationen ausgehängten Gezeitenplänen so wenig Beachtung schenkten.
Ich sagte es schon, am Tag von Cecilias Beerdigung lag ein für Anfang Oktober merkwürdiger Frühlingshauch in der Luft, und wenn ich zurückdenke, lag das nicht an meiner Einbildung; denn Mr. Hancock, der eigens von London gekommen war und neben mir in der vordersten Reihe in der Kirche saß, äußerte, eigentlich hätte er seinen Mantel gar nicht mitbringen müssen. Ein so beschäftigter Mann er auch war, er gewährte mir anschließend eine Stunde, und das war wohl auch notwendig. Denn wie die Dinge standen, hatte Antoinette Guthrie weder Eltern noch sonstige nahe Verwandtschaft, und Mr. Hancock war rechtlich mehr oder weniger *in loco parentis*.
»Was ein bestimmtes Problem aufwirft«, sagte Mr. Hancock.

Ich erinnerte ihn daran, daß Antoinette immer ein Problem gewesen war.
»Das Sie, wenn ich das sagen darf, mit ungewöhnlichem Verständnis behandelt haben«, sagte Mr. Hancock.
Ich dankte ihm.
»Und mit Erfolg«, fügte Mr. Hancock hinzu. »In der Tat wäre das beste, was ich dem Würmchen wünschen könnte, wenn es in Ihrer Obhut bleiben könnte. Sehr viel Geld ist nicht da...«
Das war tatsächlich das einzige, was ich wirklich befürchtet hatte. Ich sagte es ihm.
»Es ist sogar weniger, als man annehmen dürfte«, sagte Mr. Hancock. »Robert Guthrie hat zwar wirklich eine Menge verdient, aber seine Frau hat auch eine Menge ausgegeben. Es ist jedoch genug übrig, sogar reichlich genug, um für Antoinettes Bedürfnisse aufzukommen, solange sie lebt. Wenn Sie die gesetzliche Vormundschaft übernehmen würden, wäre das für sie ein Glück.«
»Das ist ganz selbstverständlich«, sagte ich.
Mr. Hancock verbeugte sich leicht.
»Wie gesagt, ich wüßte niemanden, der geeigneter wäre.«
»Da ist noch etwas, und zwar mein Alter«, bemerkte ich. »Ich bin über siebzig und nach biblischer Rechnung schon beinahe dahin. Und wenn mein Gesundheitszustand bis auf eine gelegentliche Bronchitis auch ausgezeichnet ist, meine Eltern haben beide die Achtzig nicht erreicht. Und Antoinette ist erst neun. Haben Sie von einer Guthrie-Verwandten gehört, einer Thomas-Guthrie-Verwandten, Janet?«
Mr. Hancock dachte einen Augenblick lang nach.
»In seinem Testament wurde eine Janet nicht erwähnt.«

»Was eine Schande ist«, sagte ich. »Aber er hat ihr das Veterinärstudium ermöglicht, sie ist zu seiner Beerdigung gekommen, und jetzt hat sie in Caithness eine Praxis. Zwar habe ich sie seither nur einmal gesehen, für ein paar Stunden hier in diesem Haus, auch Antoinette war schon bei mir, und sie hatte gleich Zutrauen zu ihr.«
»Und auch Miss Guthrie mochte Antoinette?«
»Ich hatte den Eindruck«, sagte ich. »Aber was wichtiger ist, sie akzeptierten einander. Und in Caithness ist es offenbar sehr ruhig und friedlich.«
»Sie sind eine bemerkenswert vernünftige Frau«, sagte Mr. Hancock. Ich konnte es ihm getrost überlassen, die Verbindung mit Janet aufzunehmen, und ich war sicher, Janet würde einwilligen, meine Nachfolgerin zu werden. Aber ehe ich das sagen konnte, stapfte Antoinette herein.
»Hallo, in meinem Rucksack habe ich Maden, Pfeffer und eine Terrine«, sagte sie. »Delhi, Simla, Ootacamund?«

Von Margery Sharp erschienen bei Claassen:

Rosa
Roman, 292 Seiten, Leinen

Witwe bis auf Widerruf
Roman, 207 Seiten, Leinen

Die Sonne im Skorpion
Roman, 277 Seiten, Leinen

Die Rabenmutter
Roman, 165 Seiten, Leinen

Das Mädchen im Gras und andere Erzählungen
309 Seiten, Leinen

Semester in Paris
Roman, 159 Seiten, Leinen

Liebe auf den letzten Blick
Roman, 296 Seiten, Leinen

Das Auge der Liebe
Roman, 266 Seiten, Leinen

Das Mädchen Cluny Brown
Roman, 320 Seiten, Leinen

Fannys Brautfahrt
Roman, 223 Seiten, Leinen